AF603992

Un extraño visitante

Jorge Nava

EDIQUID

UN EXTRAÑO VISITANTE
© Jorge Nava

Editado por: Corporación Ígneo, S.A.C.
para su sello editorial Ediquid
José Olaya 169, Ofic. 504, Miraflores. Lima, Perú
Primera edición, septiembre, 2024

ISBN: 978-612-5160-45-4
Tiraje: 50 ejemplares

Hecho el Depósito Legal en la Biblioteca Nacional del Perú N° 2024-08254
Se terminó de imprimir en septiembre de 2024 en:
ALEPH IMPRESIONES SRL
Jr. Risso Nro. 580 Lince, Lima

www.grupoigneo.com
Correo electrónico: contacto@grupoigneo.com | Teléfono: +51 955 071 270
Facebook: Grupo Ígneo | X: @editorialigneo | Instagram: @grupoigneo

Colección: Nuevas Voces

Contenido

Agradecimientos

A Dios por ser mi guía y fuente de inspiración en este viaje llamado vida. A mi madre, Maguito, quien ha sido mi roca y mi mayor defensora.

A mis dos pequeños, Pingüino y Mora, como les llamo. Su inocencia y su amor incondicional iluminan mis días y dan sentido a todo lo que hago.

A mi mejor amigo de toda la vida, José Edgar, por estar siempre presente en cada una de mis locuras.

A mis hermanos y sobrinos, cuya presencia en mi vida siempre ha sido un cálido recordatorio de la importancia de la familia.

Y a todos los que saben que de una u otra manera me han ayudado, también los llevo en mi corazón.

Prólogo

La vida es una aventura emocionante e imprescindible que puede trasladarnos de un escenario a otro de manera inmediata y a veces silenciosa, al negarnos a escuchar las voces que pasan desapercibidas.

¿En serio te has observado frente al espejo o solo miras? Nada será igual que ayer, ni tampoco que mañana, por el simple hecho de que el futuro es incierto y el pasado es la historia que alimenta los recuerdos y añoranzas de unos tiempos que no por fuerza fueron mejores.

Jorge Nava nos adentra en la vida de Santiago, un hombre ejemplar con una vida monótona y peculiar como la de millones de personas que creen estar solas, sin percatarse de que bajo su mismo techo podrían tener la compañía de un extraño visitante.

Capítulo 1:
Un día nublado

¿Quién lo pensaría?, ¡en un abrir y cerrar de ojos han pasado casi 40 años! Como ya era costumbre, me quedaba laborando hasta altas horas de la noche, en el banco me daban la facilidad de terminar el trabajo en casa. Siempre concluía hasta altas horas de la noche, cuando uno es joven tiene muchas energías y el dormir poco no representa problema alguno pero ahora en muchas ocasiones el cansancio me vencía y me quedaba dormido acompañado de cientos de reportes que no solo despierto me atormentaban. Por suerte, mi perro me acompañaba todas las noches y se despertaba junto a mí casi todos los días. Era una mañana fría del mes de marzo, bien dicen que «febrero loco y marzo otro poco», tal vez la más helada que haya vivido en mis ya sesenta y cinco años; desperté recostado en el escritorio, tenía marcas en la cara de algunos reportes en los que trabajaba, ¿cuándo fue que me quedé dormido? Después de unos minutos observé el reloj, ¡por Dios, mira la hora Rex!, ¿por qué no me despertaste?, otra vez llegaré tarde al trabajo. Me levanté del asiento con dificultad, a esa edad el cuerpo no tiene las mismas fuerzas que antes, miré por la ventana que daba hacia la calle.

—Amigo, otra vez está el carro rojo estacionado. —Ya iban tres días consecutivos que estaba frente a nuestra entrada, había visto ese automóvil en algún otro lugar, pero no recordaba dónde. Lo que más me extrañaba es que cuando salía arrancaba y se iba.

—No Rex, no llamaremos a la policía, recuerda que la última vez que lo hicimos tuvimos un gran conflicto con la vecina y su nieto; además, no creo que se atreva a robarnos, esta es una colonia segura y todos los vecinos, al igual que nosotros, contamos con un gran sistema de seguridad.

Rex era un golden retriever, mi compañero desde hacía ya doce años. Siempre había tenido cachorros similares y a todos los bauticé con el mismo nombre, tal vez porque me recordaban a mi primera mascota.

Miré con amor la foto de mi familia que tenía en el escritorio, mis dos hijos, Damián y Ernesto, hacía tiempo que habían formado sus propias familias y vivían a varias horas de donde yo me encontraba.

Hacía ya más de cuatro años que no me visitaban y casi uno sin recibir una llamada por parte de ellos, de hecho, la última vez que llamaron... ¡no lo recordaba!, por un instante pasaron por mi mente varios recuerdos de cuando eran pequeños, cómo ambos se peleaban y se decían uno a otro «¡Es mi papá!¡No, es mío!», pero esos tiempos habían quedado en el pasado; ahora solo eran un ayer que no volvería.

De verdad que extrañaba a Mary, mi esposa. Cómo olvidar el día que la conocí en la universidad; era tan hermosa, gentil y trabajadora, siempre tenía la palabra correcta cuando la necesitaba, siempre estuvo para mí. Hace más de cuatro años que se adelantó. Cuando nos enteramos de que estaba enferma era demasiado tarde, nada pude hacer por ella; lo que más me pesaba era no haber cumplido el sueño que ella y yo tuvimos cuando éramos jóvenes.

Se empezó a nublar, recordé que el día que murieron mis padres; el clima y el cielo se veían y sentían de forma similar, también el día que falleció Mary y mi primera mascota Rex.

—¡Dios, que no pase nada! —Hacía un frío que calaba los huesos, sentí punzadas en la pierna derecha y la columna, salí del estudio y subí las escaleras apoyándome con el barandal—. ¡Vaya, es tiempo de que adapte el cuarto de servicio para que no tenga que subir más! —O tal vez sea mejor mudarme a alguna de las dos casas que habían pasado a ser parte de mi propiedad el día que Mary falleció, y que en la actualidad se encontraban deshabitadas por si algún día Damián o Ernesto las necesitaban.

—No, nunca me iré de aquí, ¡esta casa es mi vida! y está llena de recuerdos preciados que me da miedo olvidar.

Me di un baño y me arreglé para el trabajo. Como siempre, pasaba frente al espejo y me veía pero jamás me observaba. Mi ropa estaba desgastada, me apretaba; tal vez representaba mi espíritu, mi estado de ánimo opaco igual que aquellas prendas que vestía.

Bajé con lentitud la escalera, me dirigí a la cocina y desayuné lo que el día anterior no me había terminado en la cena, serví un vaso con agua, abrí uno de los cajones de la alacena y tomé mi coctel de pastillas para los diferentes achaques. Un dolor de cabeza hacía días que no me dejaba descansar, me vino a la mente una etapa de mi juventud en la cual todos pensaron que iba a morir, tenía un tumor y me enteré de mi recuperación el mismo día que Mary me dio la noticia de que iba a ser papá, de verdad que fui feliz en esa etapa de mi vida. Ahora estas pastillas calmaban el dolor físico pero no curaban el dolor que sentía por dentro cada vez que observaba a mi alrededor y me daba cuenta de que estaba solo.

Tomé las llaves, al salir miré mi viejo auto; llevaba mucho tiempo descompuesto y a pesar de que el mecánico me había dicho que el daño que tenía era leve y fácil de arreglar, decidí no repararlo. Abrí la puerta y justo en ese momento observé de nuevo cómo el auto rojo arrancaba y se iba. ¿Quién será?, pensé, ¿acaso querrá secuestrarme? no lo creo, ¿qué haría con un viejo como yo? ¿será que entrarán a vaciarme la casa? podría ser, aunque en esta colonia jamás se había escuchado que a alguien le hubiera pasado; era muy segura la zona y si llegara a pasar, Doña Paquita, la señora del aseo, y su esposo Jaime que se encargaba del mantenimiento de la casa, sin duda me avisarían de inmediato.

A pesar de ser una casa antigua, mi esposa y yo la remodelamos para que tuviera un aspecto moderno. La parte de abajo contaba con sala, comedor, cocina, cuarto de servicio, espacio de lavado, baño completo con vestidor y garaje para tres autos. En la parte trasera se encontraba una terraza con enorme jardín que conectaba a la alberca, misma que hacía tiempo no se usaba pero estaba en excelentes condiciones. En la planta superior tenía cuatro habitaciones, cada una con baño y vestidor. En la entrada principal se adaptó un sistema de cerraduras digitales de esta forma no importaba si tenía o no la llave física, que siempre olvidaba. Doña Paquita y yo éramos los únicos que conocíamos la clave de acceso mientras que Don Jaime, que acudía dos veces por semana, contaba con llave de metal. ¡Era una hermosa casa!, su diseño estaba pensado para que cuando la familia creciera los integrantes estuvieran cómodos.

Caminé hasta la parada del transporte público, me subí a la combi donde por casualidad me encontré a doña Yolanda, una señora un poco mayor que yo. Iba acompañada de su nieta, una joven muy alta pero, sobre todo, muy guapa.

—¡Don Santiago! ¿cómo ha estado?, ¡tanto tiempo sin que nos vaya a visitar!

—Muy bien doña Yolanda, ya ve, el trabajo; y usted, ¿cómo ha estado?

—Bien, ya sabe, con los achaques de la edad. Ahorita tengo consulta en la clínica. Gracias a Dios que está mi nieta y es la que me acompaña siempre, ¡cómo se extraña a doña Mary!, ya me había acostumbrado que todas las tardes nos veíamos para echar el chal.

—Pues sí, pero ya ve, ¡se nos adelantó!

—¿Sigue usted trabajando en el banco?

—Si, ya llevo un buen rato trabajando, estoy a nada de mi jubilación.

—¡Qué bueno, don Santiago!, ya no trabaje tanto, ¿para qué quiere tanto dinero?

—Jajaja, ojalá, doña Yolanda.

—Bueno, yo aquí me bajo, ¡qué tenga un buen día! Salúdeme a su nieto, dígale que mi nieta pregunta por él.

—Dirá mi nieta, doña Yolanda.

—No, su nieto, Santiago.

La joven se sonrojó, bajaron del transporte...

¿Mi nieto?, a esa mujer sí que ya le afectaba la edad, ¿acaso será que su nieta era lesbiana? puesto que yo tenía cuatro nietas, Marina, Sofía, Laura y Patricia, no nietos, todas eran mujeres y hacía más de cuatro años que no me visitaban. Qué raro, pensé, cosas de la edad.

Capítulo 2:
Nada que celebrar

Llegué al trabajo como de costumbre, me dirigí a mi oficina. En el camino saludé a mis compañeros de trabajo, todos eran mucho más jóvenes que yo, con una energía que parecía inagotable, compitiendo por tener mejores resultados que sus homólogos. Me pregunté si todos esos años que había trabajado para la institución valieron la pena. La respuesta era siempre la misma: sí, valieron la pena, y más cuando Mary entró a trabajar aquí conmigo.

Siempre estábamos juntos y platicábamos acerca del futuro, formamos una familia hermosa y con nuestros sueldos les dimos a los hijos una vida tranquila, sin carencias, con una buena educación. También nos dio para pagar la casita en la que vivía entonces y remodelarla. Mary siempre pensó en el futuro, por eso adquirió un seguro de vida para ella y para mí, gracias a ello nuestros hijos y yo recibimos una generosa cantidad de dinero el día que partió... Sí que la extrañaba.

El cielo continuaba nublado, como si quisiera advertirme algo. No lo tomé en cuenta, me puse a mis actividades pues tenía mucho trabajo pendiente. Los sistemas y programas se actualizaban cada poco tiempo, no terminaba de aprender uno cuando ya había tres o cuatro más. Las manos ya no me respondían como antes y las nuevas tecnologías no las entendía; me había vuelto obsoleto.

Alguien tocó a mi oficina, era Rosy, la asistente de gerencia. Rosy y su prometido llevaban trabajando cinco años en el banco. Ambos se incorporaron recién egresados de la universidad; eran excelentes personas y amigos, quienes me apoyaban cuando no entendía algún nuevo proceso, muchas veces al salir de trabajar me llevaban en su auto hasta la puerta de la casa. Rosy siempre decía que le recordaba a su abuelito que murió cuando ella iba a la secundaria.

—Don Santiago, el gerente necesita hablar con usted de inmediato. Por favor, pase a su oficina.

—En seguida voy —respondí.

El gerente, un joven poco experto pero aun así buena persona, había heredado el puesto de su padre un par de meses antes de que muriera a causa de un infarto. Él y yo éramos contemporáneos, de hecho, éramos los únicos que llevábamos más de treinta años laborando en la institución, otro más que se me había adelantado, ¿y yo para cuándo?.

Me dirigí a su oficina. De seguro necesitaba los reportes que aún no termino, ¿o sería que me iba a llamar la atención? En los últimos tiempos había llegado tarde y mi rendimiento no era óptimo.

—Buenos tardes, licenciado Marco, ¿me mandó usted a llamar?

—¿Qué es eso de licenciado?, para ti soy Marco, sabes que te veo como si fueras mi segundo padre, tú me has ayudado mucho y he aprendido bastante de ti. Si no fuera por eso, no sé qué habría sido de este banco cuando mi padre me dejó a cargo de él.

—¡El mérito es tuyo!, eres un joven muy trabajador, inteligente y sobre todo un buen líder, seguiría tan bien como ahora sin mi ayuda.

—Gracias por tus palabras pero ambos sabemos que gran parte de todo lo que se ha logrado es gracias a ti. El motivo por el cual te mande a llamar es porque he notado que has llegado tarde, te veo cansado y quería darte la noticia en persona. He decidido adelantar la fecha de tu retiro, ¡no entiendo por qué no te has jubilado aún!, es para que lo hubieras hecho desde hace tiempo, ¡ya te lo mereces!

—¿Mi retiro?, pero aún faltan un par de meses.

—No te preocupes por ello, como te mencioné, ya mereces descansar y disfrutar de todo lo que has cosechado durante estos años. Yo me encargué de los trámites y puedo darte la certeza de que no tendrás ningún problema.

—Pero aún tengo mucho trabajo pendiente que entregar, hay reportes, pólizas, estados de cuenta y más papeleo que actualizar, quiero dejar todo en orden antes de irme.

—Ya me encargué de esa parte también. Hay ejecutivos trabajando en ello y créeme que harán un buen trabajo, es justo que ya descanses y tengas una vida más tranquila, sin tanto estrés, recuerda lo que le pasó a mi padre por trabajar tanto, no me gustaría que se repitiera la misma historia. Por favor, pasa con Rosy, mi asistente, ella te dará más indicaciones.

—Pero sé que aún puedo ser útil, con mi experiencia podría aportar más soluciones; además ¿qué haría en mi casa?, estoy solo, a excepción de Rex, mi mascota.

—Don Santiago, no hago esto porque crea que usted ya no es útil, muy al contrario, lo hago para que disfrute de su vida. Usted es nuestro cliente desde hace muchos años y checando sus estados de cuenta, más el dinero que recibirá de su pensión, usted ya no necesita trabajar, podría vivir sin ninguna preocupación. Tal vez no lo entienda, pero no quiero que le vaya a pasar lo que a mi padre, él no disfrutó sus últimos años de vida aun sabiendo que podría hacerlo.

Una sensación de angustia, nervios, tristeza y soledad invadió mi cuerpo. El trabajo en el cual había dejado los mejores años de mi vida ahora también me cerraba las puertas, nadie me necesitaba. Salí de la oficina, me dirigí con Rosy.

—¿Puedo pasar?

—¡Claro!, ya tengo aquí todos los papeles listos para que me los firme. ¿Qué se siente por fin ya descansar después de tantos años?, ¡qué envidia!

—¡No sabe lo que dice, señorita!, y no espero que lo entienda ahora. Tal vez en algunos años alguien le haga la misma pregunta y entonces comprenderá.

—Creo entender. En unos momentos mandaré unas cajas de cartón para que recoja usted sus cosas y se las enviemos a casa.

Firmé los papeles. Sentía como si estuviera firmando mi sentencia de muerte, ¿y ahora que haría? ¿sería eso todo?, no, no podía terminar así.

Después de recoger mis pertenencias salí de la oficina. Todos mis compañeros, incluyendo el gerente, habían hecho una fiesta de despedida sorpresa, hubo bocadillos, bebidas e incluso mariachis. Todos me felicitaban y no entendía por qué, ¿cuál era el motivo de felicidad?, yo sentía que mi vida estaba próxima a terminar y ellos festejando algo que a mí no me alegraba.

Hubo un momento en el cual pareció que el tiempo corría en cámara lenta. Miré a mis compañeros, los reconocía pero no los conocía, no había ninguno que hubiera entrado a trabajar cuando yo lo hice, incluso el más veterano después de mí solo llevaba como máximo cinco años en la empresa. ¿Cuándo me hice tan viejo? Todos los compañeros con los que trabajaba ya se habían jubilado e incluso muchos ya habían fallecido. Ahora eran solo jóvenes entusiastas, llenos de energías y sueños. La última fiesta de retiro que celebré fue la de Mary y eso había pasado hacía más de seis años, ¿quién pensaría que ya pasó tanto tiempo? ¿quién iba a pensar que hace 40 años yo era uno de esos jóvenes?

Después de un corto tiempo, todos me dieron un abrazo y se retiraron. Salió Rosy, me indicó que los reportes y papeles que tenía en casa los llevara el día que pudiera, que no eran tan urgentes, ya Germán tenía todo en la computadora y desde ahí podía trabajar en ello. ¡Un golpe más!, todo el trabajo que según yo hacía, tal vez no servía para nada, ahora entendía por qué nunca me ponían fechas de entrega.

Gracias a Dios que empezó a llover. Caminé bajo la lluvia, mi tristeza salía en forma de lágrimas que se confundían con el agua cayendo del cielo. Quizá ella entendía mi melancolía, mi sufrimiento, y trataba de disimular mi dolor para que nadie lo notara.

Todos corrían a su auto para dirigirse a casa, todos excepto yo, a mí nadie me esperaría. Caminaba por las calles bajo la lluvia, no llevé paraguas, tampoco me detuve a tomar el transporte.

Al llegar a la esquina pude ver un carro similar a que se estacionaba frente a casa. No puede ser el mismo, decía en mi mente, sentía un poco de curiosidad por acercarme a ver quién estaba dentro pero la tristeza que había en mi interior hizo que no acudiera. La casa me quedaba a treinta minutos caminando. La lluvia cada vez era más intensa y fue hasta la mitad de camino cuando me percaté de que el carro rojo que en los últimos tiempos se estacionaba afuera de la casa me iba siguiendo. Lleno de ira, fui hacia donde se encontraba. Mientras avanzaba vi a un lado de la banqueta medio ladrillo, lo tomé, iba decidido a arrojárselo en el parabrisas.

Justo cuando estaba a unos metros, aceleró levantando a su paso una gran ola de agua sucia que me empapó por completo. No pude ver quién iba dentro del auto, solo sé que escuchaba la canción de *Seré,* compuesta por Guz y Dr. Alfa que interpretó José José.

Capítulo 3:
Un desfalco misterioso

Escuchar esa canción y quedar empapado hizo que el coraje se me bajara. Me detuve por unos minutos junto a un árbol, pensé mucho en la melodía, me recordó cuando era joven y me sentía un potro al que nadie domaría. Tal vez me había llegado la edad y era tiempo de convertirme en un viejo gavilán cansado, lo único que me quedaba era ir al parque a echar pan a las palomas.

Llegué a casa, como siempre Rex me esperaba emocionado. Por lo general era ordenado, pero en esta ocasión entré empapado y con los zapatos sucios por la tierra y el agua de los charcos. Tomé una ducha con agua fría y me fui directo a la cama, ¡ojalá me diera pulmonía y muriera!

La habitación donde dormía estaba adaptada para que Rex entrara y saliera sin problema. Al siguiente día me la pasé encerrado, era un cobarde, ni siquiera tenía ganas de salir de mi habitación para darle de comer al perro. Era curioso que mi amigo no tuviera hambre, imaginaba que salía al jardín y comía las manzanas que caían de los árboles, ya que le gustaban las frutas y verduras, y por tal motivo no estaba inquieto. Una depresión inmensa se apoderó de mí, me encontraba solo, viejo y cansado... Sentía que ya era tiempo de alcanzar a Mary. No sé si fueron cuatro o cinco días, ya que solo me despertaba, comía lo mínimo y tomaba un poco de agua, después volvía a la cama.

Escuché cómo alguien entraba a casa. En seguida supe que era doña Paquita que iba a hacer la limpieza, pues sabía que todas las mañanas me iba a trabajar. Rex bajó de inmediato.

—¡Quítate, perro cochino! no sé por qué aún no te mueres si ya estás igual de viejo que tu dueño. Ven aquí y salte que voy a limpiar el cochinero que deja el viejo. Espero que todos estos años que he trabajado con él sirvan para algo y me herede una casita ahora que se muera. Espero y no tarde tanto.

Tenía razón doña paquita, ni yo mismo entendía por qué no me había muerto, ¿qué debía hacer para que eso pasara? Escuchar sus palabras no me molestó, lo que en realidad me alteró fue que tratara mal a Rex, no sabía cuántos años lo había hecho. Salí de mi habitación, mientras bajaba las escaleras Paquita alzó la mirada y pegó un buen grito al verme, al parecer mi aspecto la había asustado.

—Buenos días, doña Paquita.

—¡Ay! discúlpeme, don Santi, por el grito, es que de verdad me asusté. Como usted nunca está en su casa pensé que no había nadie y al verlo bajar me asusté mucho, pensé que era un fantasma. ¿Cómo está, don Santi?

—Igual de viejo, doña Paquita, y para su mala suerte, vivo aún.

—¿Por qué dice eso, don Santi? A mí me da mucho gusto que se encuentre bien.

—¿De verdad le da gusto, Paquita? porque no fue lo que le dijo a Rex hace unos minutos.

—No se dé que me habla, don Santiago, yo acabo de llegar.

—Claro que sabe, Paquita, y no pienso perder mi tiempo discutiendo lo que es tan obvio. Tome lo que le debo a usted y a su esposo, deje las llaves en la mesa y por favor retírese.

—Pero don Santi, ¡no me puede hacer esto después de tantos años!

—Claro que puedo, no sé por qué no lo hice hace tiempo desde que la alacena se vaciaba sin motivo alguno. Ahora entiendo la patita lastimada de Rex y muchas cosas más pero bueno, ya no importa, ¡váyase y no regrese!, de lo contrario llamaré a la policía.

—#$5&/#$"! #?¡=)/&%$#"!/()=

—Ah; y por cierto, ¡no espere estar en mi testamento!

Fueron varios los insultos que me dijo, la verdad no me importó. Me di cuenta de que las personas que creía honestas y amables no eran otra cosa que unos buitres esperando verme muerto para alimentarse de mis bienes.

Subí a mi habitación de nuevo, acompañado de Rex. Pasaron un par de días. No había comido nada, solo tomaba agua por lo que mi cuerpo estaba débil. Escuché a lo lejos ruidos extraños, me asomé por la ventana, ¡otra vez el carro rojo! ¿qué rayos? No le tomé importancia, ojalá entrara y acabara con mi sufrimiento. Miré al reloj, pasaban de las 12 pm, timbró mi celular después de tanto tiempo, de hecho, solo sonaba cuando eran asuntos de trabajo y en esta ocasión no era la excepción. No contesté, la llamada entró directo al buzón, era Rosy.

—Buen día, don Santiago, para informarle que su pensión ya quedó autorizada, también avisarle que mi jefe le depositó un bono, por favor, si es tan amable de revisar su estado de cuenta y confirmarme su recepción, se lo agradecería mucho, ojalá pueda hoy mismo.

No recordaba la última vez que recibí un bono, será porque habían pasado años de eso, ¡qué ironía!, pero Rosy siempre había sido una buena compañera, no sería justo retrasar su trabajo. Salí de mi habitación, bajé las escaleras, me sorprendió un poco ver que todo estaba ordenado, ¿acaso fue Paquita? No, no podía ser, ya me había dejado las llaves, creí que estaba alucinando.

—Tal vez por la falta de alimento empiezo a ver y hacer cosas que no son.

Mientras avanzaba a la oficina pude notar que el plato de comida y de agua de Rex estaba lleno, ¿cuándo lo hice?, tal vez era sonámbulo.

Prendí la computadora y entré a checar mi estado de cuenta, ¡qué gran sorpresa me llevé!, de verdad había un bono de ochenta mil pesos, pero eso no fue lo que me asombró, sino el hecho de que había varios retiros de mi cuenta desde hacía siete días con cantidades que iban desde cinco mil hasta siete mil. Mi cuenta había disminuido unos cincuenta mil pesos, ¿quién había autorizado esos retiros? y sobre todo ¿cómo los realizaron si mis tarjetas siempre las llevaba conmigo?

Llamé de inmediato a Rosy para que me apoyara con aquella situación.

—Buen día, don Santiago, muchas gracias por llamar, ¿sí le llegó el bono?

—Buen día. Sí, el bono está, pero también hay unos retiros de efectivo que no he realizado.

—¿Cómo? ¿quiere decir que le han retirado dinero de su cuenta?

—Sí, es correcto, y yo no he autorizado esos movimientos. Son varios retiros que suman un aproximado de cincuenta mil pesos.

—¡Dios santo!, son más de cincuenta mil pesos y apenas se dio usted cuenta, ¿qué no le llegan las notificaciones de la banca electrónica?

Revisé mi celular y en efecto, tenía varias notificaciones, pensaba que era propaganda del banco pues siempre me enviaban mucha.

—Son muchos retiros, por favor venga a la sucursal de inmediato para atender su caso, yo en persona lo atenderé. Salí de casa pero no vi a Rex por ninguna parte, lo más seguro era que estuviera de holgazán durmiendo en algún hueco. Me dirigí a tomar el transporte, de pronto lo vi otra vez, el carro rojo estaba estacionado a la vuelta de la casa. No estaba seguro de que fuera el mismo, así que lo ignoré puesto que dentro de él no había nadie, lo que me importaba era llegar a la sucursal del banco para solucionar mi problema.

Llegué al banco y como lo prometió Rosy, me estaba esperando.

—Pase, don Santiago, he revisado su caso y en efecto hay varios movimientos, también pudimos investigar que las transacciones han sido a través de la banca electrónica con la opción de retiro sin tarjeta, pero lo que más me llama la atención y por tal motivo no podemos hacer nada, es que fue a través de un dispositivo que se encuentra en su casa.

—¿Cómo puede ser eso posible?, no he realizado ningún movimiento y nadie vive conmigo como para que haya hecho eso.

—Por favor, piense por un momento, ¿hay alguien que tenga acceso a su cuenta?, no sé, algún familiar, vecino o conocido.

—No, no hay nadie, la única que entraba a mi casa era la señora del aseo pero ella no sabe ni prender la computadora. Aunque ahora que lo pienso, quizá haya sido ella, ¿cómo fue que supo mis claves de acceso? Tendría que ser una experta pues mi computadora también tiene código de seguridad para lograr acceso.

—Bueno, igual y no fue ella sino alguien más que sepa de computadoras, algún especialista en sistemas que le ayudó a ingresar mientras no estaba usted.

—Ok, en dado caso que fuese así, ¿qué pasará con ese desfalco?

—Por desgracia, no podemos hacer nada, ya que todos los retiros han sido desde su domicilio e incluso pasaron los filtros de seguridad que el banco pide para poder tener acceso.

Sonó el teléfono de la oficina de Rosy, era su prometido quien también estaba apoyándome, le indiqué que podía contestar. De pronto, su cara cambió de semblante, tenía una mirada de confusión. Escuché que decía:

—¿Cómo es eso posible? Él está aquí conmigo. ¡Bloqueen todas sus cuentas! Y ¿puedes apoyarme con las cámaras de la sucursal donde fue el retiro, por favor? —Colgó el teléfono.

—¿Disculpe, don Santiago, hay alguien viviendo en su casa ahora?

—No, ¿por qué la pregunta?

—Acabo de colgar con Fernando, mi prometido. Me está apoyando para investigar qué pasó con su cuenta y me indica que acaban de hacer un retiro por cinco mil pesos en ventanilla, al parecer hace un par de minutos hicieron el proceso a través de la banca electrónica para poder retirar sin tarjeta y todo el proceso de validación se hizo desde el número local de su casa.

—¡Cómo es posible esto!

—No lo sé pero acabo de autorizar que congelen todas sus cuentas para que no puedan retirar más efectivo, también en un momento me enviarán imágenes de quién hizo el retiro.

Sentí cómo la presión me subió. Rosy pidió que me trajeran un té y una pastilla para tranquilizarme pero cómo podría hacerlo, alguien me estaba robando desde hace días y no lo sabía. También cómo era posible que entrara a mi casa y yo sin darme cuenta, ¿y qué pasaba con Rex?, no dejaba entrar a nadie que no fuera doña Paquita y Jaime.

—Tranquilo, don Santiago, no se levante.

Entró un joven. Le llevaba las fotos a Rosy, habían sido tomadas por las cámaras donde se realizó el último retiro.

—Vea. Don Santiago, este es el sujeto que hizo el retiro hace un par de minutos, por desgracia, no se puede identificar.

En efecto, no se podía saber nada a través de esas fotos. De pronto recordé que si esa persona hizo todos los movimientos desde mi domicilio de seguro estaba grabado en las cámaras de seguridad. Se lo comenté a Rosy, ella se ofreció a acompañarme a la casa para revisar el sistema, también llamó a la policía para que fuera por si la persona que estaba haciendo los movimientos se encontraba en casa aún.

Cuando llegamos, dos policías nos estaban esperando, ¡qué suerte la mía!, eran los mismos que acudieron el día que tuve problemas con la vecina y su nieto. Me tenían en un concepto de loco. Abrí la puerta, entramos, revisaron la casa de arriba abajo y no encontraron nada raro, todo estaba bien, se notó por unos momentos su molestia, tal vez pensaban que era otra de mis paranoias. Gracias a Dios que Rosy estaba conmigo. Ella les explicó todo, indicaron que revisáramos las cámaras y, si encontrábamos algo, debíamos llevar el vídeo y presentar una demanda para que se abriera una carpeta de investigación. Después de eso se retiraron.

Nos dirigimos al estudio donde se encontraba el sistema de seguridad. Vaya sorpresa que nos llevamos al ver que, por una extraña razón, alguien había apagado el aparato para que este no grabara nada.

De inmediato Rosy me ayudó a encender el sistema, entramos a ver el historial y me sorprendí al ver que llevaban diez días desactivadas. La verdad es que nunca las revisaba, no había necesidad. Sin embargo, me percaté de que fueron apagadas justo en el momento en que vi por primera vez el auto rojo.

Rosy tomó mi teléfono, checó la lista de retiros de mi cuenta y confirmó que el primer día de desfalco fue el mismo en que las cámaras habían sido manipuladas, además de que el movimiento se realizó justo desde la computadora de mi estudio.

Le comenté que para desactivar el sistema por completo era necesario llamar a la compañía, dictar mis claves y número de cliente, algo que solo yo sabía. Procedí a revisar los videos días antes de que el sistema fuera desactivado y para sorpresa de Rosy y mía, también habían sido borrados. En ese momento Rosy me apoyó para que llamara a la compañía de seguridad.

—Ellos deben guardar una copia de la grabación de los últimos días —me comentaba.

Puse el teléfono en altavoz, la señorita que me atendía pidió las claves de acceso e hizo muchas preguntas de seguridad. Después de pasar los filtros, solicité me enviaran una copia de los videos grabados un día antes de que desactivaran el circuito.

—Disculpe, don Santiago, no podemos hacer eso, ¿no recuerda que después de desactivar el sistema, usted solicitó borrar la grabación del día anterior por un asunto personal? ¿acaso ya no lo recuerda?

—¿Quiere decir que alguien llamó para borrar las copias de seguridad?

—Si, de hecho, tengo registrado que fue usted.

—Está bien, señorita, muchas gracias.

Colgué el teléfono muy desconcertado.

Rosy recibió de nuevo una llamada de su prometido, indicaba que el día del primer retiro había sido en una sucursal, directo en ventanilla, y que el sujeto que hizo el retiro se identificó con número de cliente y huellas digitales de ambos pulgares. La mirada de Rosy lo dijo todo, ella sabía que me encontraba solo, puesto que muchas veces se lo conté en el trabajo, también estaba enterada de que pasaba por una etapa de depresión, puesto que los últimos días se había tomado la molestia de llamar por teléfono para preguntar por mi estado. Se convenció de que lo había planeado todo para llamar la atención y tal vez tenía un cómplice que hizo el retiro mientras estaba con ella.

Rosy me indicó que por desgracia después de todos los sucesos no podría hacer nada por mí, preguntó si quería que mis cuentas siguieran congeladas o quería que las activaran otra vez.

—Actívalas —respondí con la cara llena de vergüenza.

Eran alrededor de las 9 pm. Ya había oscurecido, por suerte, Rosy vivía a unas cuadras y su prometido pasaría por ella. Mientras salíamos del lugar donde nos encontrábamos, se escuchó un ruido extraño, algo escalofriante, era alguien abriendo la puerta principal.

—¿Qué fue ese ruido? ¡dijo que no vivía con nadie!, parece como si alguien hubiera entrado, ¿será el sujeto que le ha estado robando?

No dirigimos con lentitud a la sala, el corazón nos palpitaba acelerado. Por azares del destino se encontraba una escoba y un paraguas, mismos que tomamos para poder defendernos de aquello que nos estaba esperando.

Lo encontramos de frente. El causante de aquellos sonidos extraños tenía un cuerpo bien proporcionado y sus movimientos eran armoniosos, era un poco más grande que el promedio, con un pelo largo y fino de color dorado, sin duda era hermoso. Se trataba de Rex, quien por la situación no me había percatado de dónde se encontraba, lo curioso era que se veía como si alguien lo hubiese bañado y cepillado.

Mientras esperábamos al prometido de Rosy, ella se ofreció para ayudarme en cualquier situación, también me comentó que, si quería hablar con alguien, ella con gusto aceptaría. Me indicó que en un par de días me llamaría para cambiar las claves de mi banca electrónica por seguridad y que sería bueno llamar a uno de mis hijos para comentarle lo sucedido. Respondí que no se preocupara, que ellos estaban al tanto de la situación y al pendiente de mí, le agradecí y se marchó. Me aseguré de cerrar bien las puertas, estaba desconcertado, ¿también padecería de Alzheimer? ¿cómo era posible que hubiera ido a retirar dinero y no lo recordara? Por un momento pensé en cambiar mis claves de las puertas, del banco y del sistema de seguridad pero estaba cansado, además, si las cambiaba en ese momento podría ser que al día siguiente las olvidara.

—Rex, ¿dónde andabas? ¡vamos a dormir!

Capítulo 4:
Un extraño Visitante

Un sonido me despertó. De inmediato percibí un olor, ¿alguien puso café? Rex no estaba en su cama, había bajado. Miré por la ventana, ¡de nuevo el carro rojo!, ¿acaso el propietario sería el ladrón que regresó para seguir robándome?

Bajé atemorizado, ¿de dónde vendría ese aroma?. Se escuchó como si alguien azotara una puerta. Llegué hasta la cocina; alguien había preparado mi desayuno favorito, huevos rancheros con jugo de naranja y café de olla. También habían dejado los frascos de mis medicamentos al lado, tal vez para que me tomara todos después de alimentarme. Vino a mi mente una escena de película, siempre a un condenado a muerte le dan su platillo favorito.

—¡Qué más da! Que sea lo que tenga que ser.

No todo era tan malo. Los sucesos hicieron que me olvidara de la tristeza de perder el trabajo y de que estaba solo. ¿Quizá alguno de mis hijos había venido a casa? tal vez necesitaba dinero y me había hecho los retiros pero... ¿cómo averiguaría mis accesos?, podría ser que se sintiera culpable por dejar pasar tanto tiempo sin visitarme, ojalá así fuera.

Grité:

—Hijo, si eres tú no te preocupes. No tengo resentimiento hacia ti, ¡puedes salir!, sabes que te quiero mucho. —Nadie contestó.

Empecé a desayunar ese exquisito platillo. La comida trajo de regreso el recuerdo de mi madre, ella y yo éramos los únicos de la familia que conocíamos la receta de aquella sazón. Hacía años que no los cocinaba por falta de tiempo, en verdad era feliz en mi niñez y juventud.

—¿Será que ya estoy muerto?

—Es probable que sí —contestó alguien con una voz similar a la mía desde el cuarto de servicio. Rex estaba sentado entre la cocina y la sala, tenía una mirada de confusión. Apreté con fuerza el tenedor que sujetaba en la mano.

¿También tendría esquizofrenia y escucharía voces? ¡no! En serio había alguien, se escuchaban pasos que se acercaban despacio y que, de pronto, se detuvieron.

Mi presión se empezó a acelerar. Por fortuna mis pastillas estaban cerca, alguien incluso las había puesto a propósito, tomé las que me correspondían con rapidez y después de unos minutos de silencio ordené.

—¡Sal de ahí! Tengo un arma y estoy marcando a la policía.

—La única arma que tienes es el tenedor que dejé en la mesa, ¿me equivoco? ¿la policía?, no creo que sea buena idea, por lo que sé ya te consideran loco.

La voz del extraño tenía razón, de seguro me observaba desde hacía días. En ese momento me percaté que no sentía miedo, lo peor que podía pasar era que me asesinara pero era ilógico, no tendría motivos, o al menos eso pensaba. Me armé de valor.

—¿Qué es lo que deseas? ¿dinero?

—Tengo tus accesos a cuentas bancarias, de hecho, ya he tomado lo suficiente, ese fue el motivo por el cual la asistente del banco y la policía estuvieron aquí, ¿me equivoco?

—Tienes razón, entonces ¿qué quieres? ¿por qué no das la cara y te muestras?

—No lo sé, tal vez tengo un poco de miedo.

—¿Miedo?, se supone que me has estado espiando, ¡tú eres el villano!, si no ¿cómo es que sabes toda mi información?

—Está bien, saldré.

Caminó unos pasos más hasta donde estaba. Yo apretaba con fuerza el tenedor cuando se paró frente a la puerta. Llevaba jeans azules y una sudadera negra con capucha, eso impedía que su rostro se viera.

—¡Quítate la capucha!

Se la retiró quedando al descubierto. Recordé que en mi juventud había visto una película llamada *¿Conoces a Joe Black?*, ¡Estaba alucinando!, ¿podría ser ese joven el final que había venido por mí? Sentí mucho miedo y no me explicaba por qué, yo había deseado la muerte muchas veces y ahora que tal vez estaba parada frente a mí, solo pensaba en salir huyendo.

Rex se acercó sin precaución alguna hacia él, pareciera que lo conocía de toda la vida y empezó a lamer su mano, ¡vaya perro traidor!

—¿Eres la muerte?

—¡Que cosas dices, viejo, claro que no!

Era un joven guapo, tenía ojos marrones en forma de almendra, cejas arqueadas, nariz estilizada y pequeña, labios ni gruesos ni delgados, cara con forma ovalada, cabello oscuro, cuerpo tonificado sin ser musculoso, medía más o menos 1.77 cm y rondaría los veinte años, me recordó a mí cuando era joven. Ambos quedamos en silencio, nos miramos con fijeza por unos minutos. Había algo en su mirada que resultaba familiar. Me observaba con lástima. Susurró algo que no alcancé a escuchar, el silencio se tornó incómodo, suspiré.

—Así que en esto te has convertido, en un viejo solo, amargado, con dos hijos a los que no les interesas y nietas que hace mucho tiempo que no ves. Un anciano que fue desechado de un trabajo donde dejó los mejores años de su vida. Bueno, no todo es tan malo, al menos tienes dinero.

—¿Quién rayos eres, y qué haces en mi casa? ¿cómo te atreves a insultarme de esa forma?

—¿De cuándo a acá es un insulto decir la verdad? Corrígeme si es que he mentido en algo.

Sabía que tenía razón en lo que había dicho. Yo mismo me lo repetía una y otra vez, no entendía por qué aquel extraño me inspiraba confianza.

Me llevé las manos al rostro, no pude contener el llanto.

Se acercó sin decir ni una sola palabra y me abrazo con fuerza. Alcé la mirada y pude notar que él también lo hacía.

—Tranquilo viejo, aquí estoy —me decía con una voz de compasión y esperanza.

Recordé que hacía años había tenido un sueño similar, solo que no era yo el anciano.

—Disculpa, no sé qué me pasó, ¡yo no lloro!

—Sí lo haces, y más en estos días que te despidieron... Por cierto, discúlpame a mí por empaparte la otra noche en la carretera, la verdad tenía miedo de presentarme.

—¿Tú eres el sujeto del carro rojo?

—Sí, bueno, en realidad es rentado y es más tuyo que mío, ya que se está pagando con el dinero que obtuve de tu cuenta de ahorros.

Capítulo 5:
Santiago, mi nieto

—Me presento, me llamo igual que tú, Santiago, y soy tu nieto. Quiero saber más de ti pero la verdad es que tengo mucha hambre y tú te acabas de comer mi desayuno. ¿Qué te parece si vamos por unos chilaquiles al restaurante de doña Yolanda?

—¿Te llamas Santiago? ¿Doña Yolanda te conoce? ¡Con razón el otro día me dijo que le saludara a mi nieto! Hablaba de ti.

—Así es, llevo doce días por estos rumbos y te he estado observando. De hecho, he dormido en el cuarto de servicio, me levantaba temprano y me iba a desayunar, después te observaba todo el tiempo, pero jamás te diste cuenta.

—¿Entonces dices que eres mi nieto? Disculpa que desconfíe, pero no creo nada esa historia. De seguro quieres aprovecharte de mí y quedarte con todo mi dinero.

—Si así fuera ya te hubiera vaciado todas tus cuentas de ahorros, también me hubiera llevado lo que tienes en la caja fuerte. Bueno, ahí solo guardas las joyas, el efectivo está en el hueco debajo de la casa de Rex, cubierto con una pequeña alfombra, ¿cierto? Deja la desconfianza, abuelo, tengo muchas cosas que preguntar. ¿Te parece si me invitas a desayunar?

—¿Abuelo?, no recuerdo la última vez que alguien me llamo así. Ni siquiera recuerdo que me hayan llamado así. —Era curioso, no lo conocía, me acababa de enterar que fue él quien me robó el dinero de mi cuenta del banco, entró a mi casa sin invitación y actuaba como si me conociera de toda la vida.

Algo en él me inspiraba confianza, no sabía qué era, pero tenía curiosidad de conocerlo. Acepté invitarlo a desayunar. Salimos de casa acompañados de Rex, le indiqué que iríamos al restaurante de doña Yolanda que estaba a un par de cuadras, lo hice con la intención de averiguar si de verdad ella lo había visto antes.

—Sí, ella prepara unos chilaquiles riquísimos, de hecho, siempre he desayunado ahí.

—¿Siempre has desayunado ahí? ¿no dijiste que acabas de llegar?

El chico se puso un tanto nervioso, como si ocultara algo que no quería que supiera.

—Bueno, me refiero a que desde que llegué he desayunado ahí, además se ve que la señora te estima mucho.

Mientras nos dirigíamos al restaurante me platicó que era nieto de Rebeca, una compañera de la universidad con la cual tuve una aventura, era curioso no recordaba haberla visto embazada. Por un momento dudé de lo que me contó pero después me comentó todos los hechos de cómo paso y poco a poco las dudas se disiparon. ¿Sería en serio mi nieto? me preguntaba mientras seguíamos caminando. Lo observé de reojo, se parecía mucho a mí.

—Si es verdad lo que estás diciendo, significa que tuve una hija, ¿cierto?

—Sí, es correcto. Pero la verdad no me gustaría hablar de ella, quiero que quede fuera de todo esto, de hecho, no sabe que existes.

Me contó que eran otros tiempos y que cuando los padres de Rebeca se enteraron de que estaba embarazada decidieron mandarla a Canadá. Ella hizo su vida en ese país, consiguió un buen hombre que la aceptó con su hija, después la abuela enfermó y murió. Me sentí muy triste al escuchar esa noticia, me hubiera gustado mucho volver a verla.

Llegamos al restaurante de doña Yolanda. La nieta le sonreía a Santiago y tomó la orden. Yo solo pedí un café y él ordenó chilaquiles verdes con pollo, *hot cakes*, fruta, jugo, café y pan.

Mientras desayunábamos, me enteré de que en la actualidad vivía en otro país pero tenía curiosidad de conocerme puesto que su abuela le hablaba mucho de mí. Me dijo que investigó mi dirección a través de internet y fue así como me encontró.

Pregunté cómo había sido que ingresó a la casa y sobre todo que conocía mis claves de acceso. Respondió que había sido fácil pasar, doña Paquita era muy descuidada, dejaba la puerta abierta y fue ahí cuando aprovechó para entrar. Después esperó que se marchara y se puso a explorar toda la casa, incluyendo el estudio. Ahí encontró en un libro de pasta gruesa las llaves que abrían el cajón de mi escritorio donde guardaba la agenda que contenía escritos todos mis datos y claves de acceso de la vivienda, cuentas de banco y sistema de seguridad.

Me felicitó por haber corrido a doña Paquita, puesto que solo se la pasaba echada comiendo y tratando mal a Rex. Terminamos de desayunar y nos fuimos caminando hacia un parque que quedaba cerca de la casa, nos sentamos en una de las bancas y continuamos platicando mientras Rex disfrutaba del lugar.

—¿Y por qué no llegaste, tocaste la puerta y me contaste todo esto?

—La verdad no lo sé, me dio un poco de incertidumbre y no sabía cómo reaccionarías. Además, no tenía dónde quedarme y mucho menos dinero para comida y ropa, ¿qué tal si no me recibías?, por ese motivo decidí primero investigar un poco y tomar dinero de tu cuenta, por si tu rección no era la que esperaba. Pero bueno, ya hablamos mucho sobre mí. ¿Qué hay de ti?, me enteré qué tienes dos hijos y cuatro nietas.

—Sí, es verdad, viven fuera de la ciudad y vienen a visitarme cada dos meses, en diciembre viajo a Monterrey a pasar Navidad con ellos y mis nietas. Nos divertimos mucho, la verdad mis nietas e hijos me consienten mucho.

—Entiendo, ¿y por eso el otro día estabas llorando?, porque solo los ves cada dos meses... dime cuándo te canses de mentir. Como te dije, investigué acerca de ti, y sé que han pasado más de cuatro años sin que te visiten. En estos días que he estado en tu casa nadie te ha llamado. Te hablé acerca de mí, si tú no quieres contarme está bien, pero por favor no me mientas.

Guardé silencio por unos momentos, me sentía apenado por haber mentido. Él había sido sincero, me respondió todo lo que le cuestioné y yo le había mentido en lo primero que preguntó.

—Discúlpame, por favor, espero que entiendas que no es fácil para un viejo como yo confiar tan rápido en alguien que acaba de conocer.

—Te entiendo y no tienes que disculparte, pero quiero que sepas que yo jamás te haré daño, tampoco estoy aquí para estafarte o hacerte mal, de hecho, siento que estoy aquí para aprender algo.

—Tienes razón, hiciste un largo viaje solo para conocerme, has sido sincero en lo que te pregunté. Prometo no mentir más, así que vamos, dime ¿qué te gustaría saber?

—¿Cómo fue que terminaste solo?... ¿Tan mal trataste a tus hijos que decidieron irse lejos de ti y dejarte?

—No, no los traté mal, al contrario, siempre trabajé para que nada les faltara, quería que disfrutaran de lo mejor, que tuvieran lo que nunca tuve de pequeño.

—¡Vaya!, te abandonaron y aun así cuando hablas de ellos se te iluminan los ojos.

—Sabes, debo reconocer que no siempre estuve presente en sus cumpleaños ni en todas las graduaciones, pero aun así los amaba. Mary y yo siempre los apoyamos y alentamos a que buscaran su camino y así lo hicieron. Cuando tomaron su rumbo, Mary y yo nunca pensamos que nos abandonarían pero así fue, muy pocas veces nos visitaron y nos llamaban por teléfono, aunque al menos lo hacían. Después ella murió, fue la última vez que vinieron, pensé que se quedarían o me llevarían con ellos, solo dijeron adiós. Me encerré en el trabajo, no me importaba nada más, todos los días eran iguales para mí.

Pude notar como los ojos de Santiago se llenaban de lágrimas al escuchar la noticia de que Mary había muerto. Bajó la mirada, no decía ni una palabra, no quise preguntar el motivo y cambié de tema.

—Cuéntame de ti, ¿estudias, trabajas, eres casado?

—Estudio contaduría, al igual que tú. Tenía algunas dudas acerca de la carrera pero ahora que te veo y lo bien que te ha ido, estoy seguro de que no me equivoqué al elegirla. Hace poco me casé con una mujer hermosa a la que amo con toda mi alma, aún no tenemos hijos, pero sé que algún día los tendremos.

—Si la amas tanto, ¿por qué no vino contigo?

—Ni yo mismo lo sé, tal vez tenía que hacer este viaje solo.

El muchacho sacó un frasco de pastillas. En seguida lo reconocí, ese medicamento lo tomé algún tiempo cuando era joven, al mirar eso sabía que algo estaba mal.

—¿Reconoces esto, verdad? Pero tranquilo viejo, ahora sé que hay esperanza, tú padeciste algo similar hace años, ¿no es así?

—Sí, es cierto, dime ¿qué tan grande es?

—Ha disminuido, estoy en espera de los resultados para ver si es operable, aunque no me preocupo, sé que todo estará bien.

—¿Hace cuánto te lo detectaron?

—Un par de meses, dicen que este tipo de problemas es hereditario, pero hablemos de otra cosa.

Caminamos hasta un café que estaba cerca de ahí para comer algo, ya que mencionó que tenía mucha hambre. Seguimos conversando toda la tarde hasta que nos interrumpió el joven que atendía las mesas, puesto que ya iban a cerrar. Salimos de ahí, pasamos a un puesto y compró más comida para llevar a casa, ¡vaya que ese joven no tenía llenadera! Me enteré de que laboraba en un despacho contable y se estaba postulando para diferentes puestos de trabajo. También me platicó que tenía muchas ganas de salir de viaje pero antes quería comprar una casa más grande, con jardín y alberca como la que tenía yo. Era un joven lleno de energía y sueños, algo que yo ya no poseía. Casi llegando a casa, notamos que un carro se había estrellado con un poste de teléfono, ¡gran descuido por parte del conductor! Nos percatamos que tenía una edad similar a la de Santiago, ¡estos jóvenes!

—¿Qué te digo?, hay cosas que nunca cambiarán. Estos últimos días me he dado cuenta de que cuando uno es joven no mide los riegos, tampoco piensa que algún día va a envejecer. Por cierto, ¿la combinación de la caja fuerte sigue siendo la fecha de tu cumpleaños?

—¿Por qué la pregunta?

—Eso quiere decir que sí, ¡deberías cambiarla!, eres la única persona que usa la misma combinación para casi todo.

—Tienes razón, mañana lo haré.

Llegamos a casa, estaba agotado. Me ayudó a subir las escaleras, después bajó a la sala a ver la tele con Rex y a cenar lo que había comprado, me sorprendía mucho ver como el perro lo había aceptado tan rápido, pareciera que lo conocía de toda la vida. Tomé un baño con agua caliente, estaba tan contento y cansado que olvidé tomar mis pastillas durante todo el día, tampoco conecté mi celular para que recargara la batería antes de irme a la cama. No recuerdo la última vez que dormí tanto tiempo. Me levanté, miré el reloj y ya pasaba de medio día. No escuché ruido alguno, miré por la ventana y el carro no estaba estacionado como en días anteriores. Llamé a Santiago pero este no respondió. Rex estaba echado a un lado de la cama. Bajé de inmediato, no había desayuno, tampoco rastros del joven. Me quedé pensativo, ¿habría sido un sueño?, no, no podía ser, fue real.

Le conté mi vida a un extraño y lo dejé entrar a mi casa. ¡Maldito ladrón!, ¿cómo podía robarle a un anciano? Bajé lo más rápido que pude para revisar los ahorros que estaban bajo la casa de Rex, no había ni un centavo, ¡estúpido que soy! Caminé con cuidado ya que el piso estaba mojado y no sabía por qué razón, me dirigí a la caja fuerte que estaba en el estudio. El reloj más caro que tenía ya no estaba, la pulsera que me había regalado Mary en nuestro aniversario treinta no aparecía, tampoco la pluma fuente que me había costado un ojo de la cara.

—Sí que soy un viejo tonto, me preguntó si la combinación seguía siendo la fecha de mi cumpleaños y yo conteste que sí.

No entendía por qué no se había llevado todo, tal vez le dio cargo de conciencia. Encendí la computadora con intención de bloquear mis tarjetas a través de la banca electrónica pero no tuve éxito ya que no tenía acceso a internet, ¿me cortaría el cable por si despertaba en la noche y lo descubría?, de esta forma no podría pedir ayuda. Me dirigí a mi habitación en busca de mi celular, contaba con plan y podía bloquear mis tarjetas por ese medio, traté de entrar a la aplicación sin éxito pues mis claves de acceso habían cambiado. Llamé a Rosy para que me apoyara con las cuentas, por desgracia, mi teléfono se apagó debido a que no lo había puesto a cargar el día anterior.

De pronto me empecé a marear y los oídos me zumbaban. Recordé que el día anterior no había tomado mis medicamentos, incluyendo el de la presión, caminé con dificultad hasta llegar a la cocina, abrí el cajón de la alacena, saqué el frasco de pastillas y tomé las que correspondían. Rex bajó, alcancé a ver como salía hacia el patio. Me dirigí al comedor, jalé una silla y me senté, pensaba en aquel desgraciado ladrón que acababa de arruinarme la vida. Por un momento sentí que me desmayaba, pasaron unos minutos... De pronto, mis ojos me revelaron algo.

—Tranquilo viejo, estoy aquí. —Decía un mensaje escrito en un trozo de papel—. Hay pasta fría en el refri y jugo de zanahoria, si tienes hambre puedes comer o, si lo prefieres, comemos juntos.

Me levanté del asiento para confirmar si en verdad había jugo y pasta en el refrigerador. En efecto, no podía creer lo que estaba pasando, regresé a la mesa y tomé la nota que había dejado Santiago.

«Tranquilo viejo, estoy aquí, hay pasta fría en el refri y jugo de zanahoria, si tienes hambre puedes comer o, si lo prefieres, lo hacemos juntos cuando regrese. Por cierto, tu celular no dejaba de sonar pero estabas tan dormido que no lo escuchaste, era Rosy para el cambio de contraseñas; ya lo hice por ti, los nuevos accesos te los dejé escritos en tu agenda. También reporté el internet porque debido al accidente de anoche no tenemos red. Camina con cuidado, lavé la casa de Rex porque estaba muy sucia, se ve que llevaba años sin que se hiciera. Tus ahorros los puse en el cajón de tu despacho para que no se fueran humedecer, ¡vaya que ya hulen a viejo!, deberíamos gastarlos jajaja. Regreso pronto, solo voy a devolver el carro.

Atte. Santiago».

En ese momento se abrió la puerta que daba hacia la calle, era Santiago. Yo estaba sentado en el comedor. Entró con alguien más, en seguida reconocí a don Pepe el mecánico. Salí a la cochera, Santiago me indicó que se llevaría el carro para revisarlo y arreglarlo. No dije ninguna palabra. Abrió el portón, entró una grúa y se llevó mi querido auto, el cual llevaba varios años descompuesto. Entramos a la casa, me dio unas palmaditas en la espalda y se sorprendió al ver que aún no había comido.

—Veo que aún no desayunas, ¿me estabas esperando? ¿qué tienes? ¿estás bien?

—Sí, solo que pensé que ya no regresarías y que tal vez te había imaginado y no eras real.

—¿Y a dónde iría? Además, te dejé una nota.

Parecía que cuando uno se iba haciendo viejo se volvía desconfiado, necio y sensible, yo mismo sentía vergüenza. Había pensado lo peor de aquel joven cuando al parecer sus intenciones eran buenas pero a esa edad uno cree que lo sabe todo y que si un extraño se acerca es por interés.

Santiago llegó con una bolsa del super, había comprado cerveza y cigarros. Pidió que me quedara sentado, se lavó las manos y preparó el desayuno. Me atendió como nadie lo hizo por un largo tiempo. Cuando terminamos se levantó, lavó todos los trastes, limpió la cocina y me indicó que saliera a la terraza pues aún tenía muchas cosas que preguntarme.

¡Vaya!, hacía tiempo que no sabía lo que era estar sentado en ese lugar donde pasaba horas platicando con Mary, de hecho, desde que se adelantó no lo volví hacer, pero ahora era diferente. Santiago, mi nieto, estaba ahí y quería saber más cosas sobre mí. Salió de la casa con un *six* de cervezas y un platito, de esos que se usan para el postre, además de una carpeta polvorienta debajo del brazo

—Busqué cenicero por todos lados pero no lo encontré.

—Sí, es porque no fumo.

—¿Y cuándo dejaste el cigarro?

—Cuando me enteré de que Mary estaba embarazada. ¿No se supone que tú estás enfermo y no puedes fumar?

—Sí pero ahora sé que todo saldrá bien y ya no importa.

Me ofreció un cigarro y una cerveza obscura, no sabía si era coincidencia que a él le gustara el mismo tipo de cerveza que tomaba años atrás.

—Te agradezco el gesto pero hace años que no tomo y mucho menos fumo.

—Anda, viejo, una chela y un cigarro de vez en cuando no hace daño.

Tomé la cerveza y el cigarro, Rex nos acompañaba sentado al lado.

—¿Y que sigue...?

—¿Qué sigue de qué?

—La verdad no sé cuánto tiempo esté aquí, tarde o temprano debo regresar a casa y no creo que pueda llevarte conmigo aunque quisiera.

—No te preocupes, tampoco me iría de aquí, esta es mi casa y hay muchos recuerdos que revivo a diario.

—La verdad hay algo que quiero preguntarte desde el primer día que te vi en la oficina del banco donde trabajabas.

—Puedes preguntarme lo que quieras y créeme que te responderé con la verdad.

—El primer día que entré a tu casa, mientras buscaba en tu estudio, entre tanto papeleo encontré algo que me llamó mucho la atención, es una carpeta negra. La abrí para saber lo que contenía y me sorprendió ver lo que estaba ahí. Luego fui a verte al lugar donde trabajabas, me decepcionó ver que tu oficina se veía triste, desordenada, lúgubre, me di cuenta de que tú encajabas bien en ese ambiente. ¿Cómo fue que llegaste a convertirte en eso?

Capítulo 6:
Parte de la estadística

Santiago puso la carpeta en la mesa, la tenía desde hacía años y no recordaba haberla guardado. La abrió con cuidado.

—Por favor, lee—me indicó.

«Veo cuerpos con mentes llenas de miedo, obedientes e inseguras. El brillo abandona sus ojos, su voz se afea, el cuerpo, el cabello, las uñas, los zapatos, todo...».

En ese momento entendí. Hacía años yo había escrito esa frase con la intención de nunca convertirme en aquello que tanto criticaba en mi juventud. No entendía por qué con el paso de los años las personas se descuidaban hasta tal punto que pasaban a ser parte del lugar de trabajo como si fueran un escritorio o sillón. Cuando un mueble era nuevo lo cuidabas, no querías que se maltratara. Después de un tiempo, te daba igual si se volvía feo o no, siempre y cuando cumpliera con la función para la que fue adquirido. Ya que formaba parte del lugar, nadie se interesaba por él, solo lo utilizabas. Cuando ya no funcionara o estuviera demasiado viejo, se desecha para traer otro que correrá con la misma suerte. Eso me había pasado, me convertí en parte del mobiliario. Cuando me incorporé tenía muchas energías, trataba de hacer bien mi trabajo y realizar actividades diferentes para no caer en la rutina; después de unos años ya no me importaba ni siquiera arreglarme, solo entregar el trabajo a tiempo. Comprendí que fui como un sillón, al cual cambiaron por uno más nuevo.

Me convertí en parte de la estadística, la realidad que vivían muchos. Dejábamos los mejores años de nuestra vida en un trabajo, vivíamos llenos de estrés y cuando ya no éramos útiles nos desechaban... Pero ¿qué se podía hacer?, tal vez era la ley de la vida, o al menos era lo que me había tocado vivir.

Miré mis zapatos que estaban viejos y feos, la ropa un poco arrugada, las uñas llevaban tiempo que no las cortaba, el pelo desalineado y el brillo de mis ojos hacía tiempo que se había ido. No supe qué contestar. Tenía razón, me había convertido en aquello que alguna vez describí.

En mi primer empleo me dije una y otra vez que solo trabajaría un par de años para un jefe, pondría todo el empeño y después abriría mi propio negocio, no acabaría como las personas que llevaban años trabajando ahí y se volvían parte del mobiliario pero terminé igual que ellos o quizá peor.

—¿Qué te puedo decir?, cuando uno es joven hace y promete muchas cosas que luego son difíciles de cumplir y poco a poco se olvidan.

—Cuéntame ¿cuándo comenzó todo? ¿o será que siempre fuiste así?

—La verdad no lo recuerdo, no sé en qué momento me conformé y dejé de vivir mi vida, tal vez fue cuando Mary falleció. Caí en una terrible depresión... No, creo que fue un poco antes, cuando mis hijos se marcharon. Mary y yo nunca más fuimos los mismos, estábamos juntos por compromiso y para no estar solos.

—¿Quieres decir que se acabó el amor? ¿ya no la amabas?

—Siempre la amé, incluso ahora que te cuento de ella me duele que ya no esté aquí. Me refiero a que entregamos todo por los hijos y nos olvidamos de nosotros. Sí, ya recuerdo cuando empecé a convertirme en aquello que no deseaba.

»Fue hace más de cuarenta años, yo trabajaba en un despacho y recién me había casado con Mary, rentábamos un piso en el centro de la ciudad, todo era perfecto y teníamos planes para ir de viaje a Europa. Después me detectaron un tumor en la cabeza y tuve que empezar a tratarme. A pesar de eso, todo iba bien y nuestros planes no cambiaron, éramos felices y sabíamos que juntos superaríamos cualquier cosa. El tratamiento estaba funcionando bien, poco a poco mejoraba y estaba en espera de los nuevos resultados, en el trabajo cada vez me presionaban más. Ya recuerdo, sí, fue ahí donde empezó todo.

»Era un día lluvioso, tenía mucho trabajo, varios reportes que entregar, estaba muy estresado y me dolía la cabeza, pensé que tal vez era por mi problema de salud, aun así, no podía darme el lujo de descansar. Después de un par de horas moría de sueño y el dolor no cesaba, tomé el frasco de pastillas y no recuerdo el número que ingerí, solo sé que fueron varias. Eso ayudó, la jaqueca se calmó y pude terminar el trabajo. Subí a la recámara con Mary pero recordé que había dejado una carpeta en el estudio y no la había revisado con detenimiento. Iba bajando las escaleras cuando de pronto vi como si dos luces pasaran a gran velocidad y no supe más. Cuando desperté, Mary estaba a mi lado, también Rex y mis padres. Recuerdo ver la iluminada sonrisa de mi esposa, acariciaba mi cabello, me llamaba, decía: «Despierta, dormilón, ya es hora de que regreses, tengo buenas noticias».

»Después me pusieron al tanto de lo que pasó. Había perdido el equilibro y rodado por las escaleras. Mary, al escuchar el fuerte golpe, salió y llamó a la ambulancia y a mis padres para contarles lo sucedido. En el hospital dijeron que había recibido un fuerte golpe en la cabeza pero no había de qué preocuparse. Un día antes de que me dieran de alta, Mary llegó con esa sonrisa que la caracterizaba me dijo emocionada que tenía buenas noticias, llevaba el sobre de los laboratorios que me habían hecho para saber cómo había evolucionado el tratamiento para el pequeño tumor que tenía en la cabeza. Me miró con fijeza, ¡fue todo un éxito!, en un par de meses me darían de alta.

»Recuerdo que comentó otras cosas más que según ella yo decía mientras dormía pero no le tomé importancia, entonces me dio una noticia más. Me indicó que estaba embarazada. La alegría invadió mi rostro e hizo que me olvidara de todo lo que me había pasado, ambos saltábamos de felicidad. Fue una gran noticia pero también un gran sacrificio puesto que nuestro viaje a Europa se canceló.

»Mary tuvo un embarazo de alto riesgo y no podía ayudarme con las actividades de la casa, mucho menos trabajar. Sus padres y los míos nos apoyaron mucho pero aun así el dinero nunca era suficiente. Meses después llegaron buenas noticias: Ya no necesitaba el tratamiento, ¡estaba curado!, aunado a esto, me invitaron a una gran oportunidad o al menos eso creía, uno de los bancos en crecimiento de la ciudad solicitaba personal. Asistí a la entrevista y logré quedarme. Todos estaban muy contentos con mi nuevo trabajo, incluso yo puesto que ganaba el doble y nuestra situación mejoró muchísimo. A pesar de ser una gran oportunidad, aún seguía con la idea de poner mi propio despacho, recuerdo que alguien de mis compañeros me dio la bienvenida diciendo que me sintiera afortunado pues la situación estaba muy difícil, por eso escribí esa hoja que encontraste en la carpeta.

»Debo reconocer que en verdad me sentí bendecido en ese momento, si lo pienso bien, el problema no era el trabajo sino que me hice parte de él. En vez de usarlo para catapultarme hacia mis sueños, lo hice parte indispensable de mi vida y poco a poco él se apoderó de mis sueños, tranquilidad, libertad, manejaba mi vida y futuro a su antojo hasta que llegó el punto en que no lo podía abandonar.

»Después nació mi primer pequeño, lo recibimos con mucho amor, la felicidad se podía sentir en cada espacio de la casa. De nuevo todo marchaba a la perfección a pesar de que trabajaba bastante, siempre me daba tiempo para mi familia. Un par de años después, los planes para viajar al continente europeo regresaron, iríamos los tres y recorreríamos Barcelona, Blois, Burdeos, Florencia, Lucerna, Madrid, Niza, París, Pisa, Roma, Venecia, Verona, Zaragoza y Zúrich.

»Cuando nos dirigíamos a la agencia de viajes para adquirir el paquete, Mary se desmayó de la nada. Pareciera que el destino estaba en nuestra contra, la llevé al hospital y fue cuando nos enteramos de que estaba otra vez embarazada.

—¿Y el viaje se pospuso de nuevo?

—Así es, tuvimos que aplazarlo. Fue otro embarazo de alto riesgo pero, aun así, estábamos felices por nuestro segundo hijo.

Continúe con la historia, en serio me emocionaba recordar todo lo que había vivido en los últimos años. Santiago escuchaba con atención, le interesaba saber todo, tal vez para que no cometer los mismos errores que yo.

—Como te decía, ahora éramos cuatro integrantes y el piso que rentábamos ya era pequeño para nosotros. Nos mudamos a una pequeña casa, más tarde nuestro primer hijo entró a la escuela, lo que ganaba ya no era suficiente pues los gastos se habían multiplicado. Gracias a Dios en donde trabajaba se abrió una vacante, el perfil lo cubriría Mary. La recomendé y entró a trabajar conmigo, el problema del dinero estaba resuelto, incluso nos alcanzó para comprar nuestro propio auto. Cuando salíamos del banco, Mary y yo pasábamos por los pequeños a casa de su mamá, ya que ella los recogía del colegio, y los llevábamos al parque o a algún lugar para que se divirtieran, ¡si ellos estaban felices, nosotros también!

»¡Vaya error!, quisimos vivir la felicidad a través de ellos. Nos la pasábamos atendiendo sus necesidades y olvidamos las nuestras... Sí, fue ahí donde empezó todo, nos olvidamos de nosotros, todo era para que estuvieran bien, que nada les faltara, aunque a nosotros nos faltara todo. Pensamos que aquello que nosotros no tuvimos cuando éramos pequeños, a ellos no les iba a faltar, nos esforzamos por darles lo mejor.

»Pensando en su futuro compramos nuestra primera casita y eso hizo que los ingresos se redujeran, aun así nuestro amor nos sacó adelante. Cuando mi hijo Ernesto ingresó a la escuela, los gastos volvieron a aumentar. Con el pago de la casa y las colegiaturas era muy poco lo que nos quedaba libre; y del viaje, ni por error se volvió a hablar.

»Pasó mucho tiempo, nuestra vida se tornó rutinaria: trabajo, casa, hijos, trabajo, casa, hijos. Les comprábamos las mejores cosas. Cuando Damián cumplió quince años lo mandamos de viaje a Europa y después a Ernesto. Ambos a su corta edad conocían el continente, años después los dos decidieron que querían estudiar allá, Mary y yo trabajamos muy duro pues queríamos que vivieran aquello que nosotros deseamos alguna vez. Nos mandaban fotos y nos contaban todas las aventuras que pasaban juntos como hermanos. Cada mes teníamos que depositarles suficiente dinero para que pudieran cubrir sus gastos, ¡la vida allá es muy cara!

»Mary y yo nos llenamos de deudas por todos lados con tal de que estuvieran bien, caímos en la rutina y muy rara la vez salíamos a comer algo ya que el dinero no alcanzaba.

Cuando los hijos se graduaron pensamos que regresarían a casa pero no fue así, ellos decidieron quedarse allá, consiguieron un trabajo y cuando les faltaba un poco de dinero o no tenían para cualquier cosa nos llamaban, nosotros con gusto siempre los apoyamos.

»En un par de ocasiones pensamos en visitarlos pero estábamos llenos de deudas y el dinero era insuficiente; además, podrían necesitar en cualquier momento nuestra ayuda, así que el poco capital que teníamos lo guardábamos para emergencias.

»¡Por fin, después de seis años, nuestros pequeños regresaron a casa! Mary hizo una rica comida para recibirlos, pensamos que llegarían solos pero no fue así, cada uno vino con su pareja, las conocieron en la universidad y ambas eran de Monterrey, solo venían de paso, ya que su familia los esperaba. Estuvieron poco tiempo pero aun así nos dio mucho gusto volver a verlos.

»Después, Damián nos llamó para decirnos que vivirían en Monterrey ya que allí había más oportunidades de trabajo. Pocas veces nos visitaban, nosotros solo fuimos un par de ocasiones, cuando nuestras nietas nacieron. Un día, quisimos darles la sorpresa y llegamos un diciembre con muchos regalos para las niñas, la más grande cumplía diez años. Estaba toda la familia de sus esposas, fue muy incómodo. Las pequeñas nos veían con cara de desconfianza. A pesar de que nuestros hijos las obligaban a saludarnos, ellas se negaron. Era entendible, jamás habían convivido con nosotros.

»Notamos que nuestros hijos tenían una buena relación con los padres de sus esposas, ellos estaban muy bien, eso nos confortó mucho. Al siguiente día nos regresamos. Ernesto y Damián no insistieron en que nos quedáramos, nos pidieron un Uber para que nos llevara al aeropuerto, puesto que tenían mucho trabajo y era complicado para ellos llevarnos. Mary y yo decidimos no darles más molestias, así que solo esperábamos a que nos visitaran. Fue duro aceptar que ya no nos necesitaban más, los pequeños que criamos ahora eran hombres independientes y se preocupaban por sus familias. Muy pocas veces llamaban a su madre o a mí por teléfono. Al menos venían una vez por año, justo por estas fechas, ya que su madre cumplía años en este mes y yo a inicios de abril.

—¿Te arrepientes de lo que hiciste por ellos?

—Ahora que lo preguntas, la verdad es que en parte sí. Tal vez si nos hubiéramos preocupado un poco menos por ellos la vida hubiese sido diferente. Les dimos más de lo que podíamos y nos olvidamos de nosotros, de nuestra relación de pareja, de nuestros sueños. Aun cuando ya se habían marchado, seguimos al pendiente de ellos. ¿Cuándo compramos la idea de que ellos lo merecían todo y que nosotros debíamos trabajar para dárselos? Nuestra justificación siempre fue la misma: no tendrían las mismas carencias que tuvimos nosotros. Bueno, lo hecho está hecho.

—Entiendo, pero me imagino que después reaccionaron y se dedicaron a ustedes. Les empezó a ir mucho mejor con el dinero, compraron esta casa hermosa y se dedicaron a viajar por el mundo... ¿cierto?

—Esa es otra historia. No es que nos haya ido mejor, seguimos endeudados, aunque gracias a Dios acabamos de pagar el crédito de la casita que compramos a treinta años. ¿Te doy un consejo? Nunca compres una casa por Infonavit, ahí se va tu vida, ahora lo sé.

—Si no les fue mejor, ¿cómo es que compraron esta casa? No creo sea tan barata, ¿te ganaste la lotería?

Empecé a contarle cómo fue que tenía propiedades. La casa donde vivía nos la heredó el padre de Mary, ya que era un señor adinerado, tenía dos casas y dos hijos. A cada uno de ellos les correspondía una, la otra casa más pequeña fue la que compramos Mary y yo, mientras que la tercera fue herencia de mis padres. Y en cuanto al dinero en el banco, fue gracias al seguro que Mary había adquirido, de no ser por ella estaría en la ruina.

—No todo es malo ahora, después de cuarenta años de trabajo me he pensionado y ¿sabes qué? la verdad me hubiera gustado quedarme ahí hasta el día de mi muerte pero no siempre se puede lo que se desea.

—Ahora entiendo a todas esas personas que pasan su vida en un trabajo. La verdad, cuando vi tu carpeta me identifiqué mucho con ella, pero escuchando tu historia puedo concluir en que tuviste suerte al final.

—Sí, tampoco lo creía, pero la vida te va domando a chingadazos y te das cuenta de que no es tan fácil como parece. Ojalá y tú puedas cumplir aquello que tanto deseas. ¡Mírate en mi espejo, aprende y sal adelante!

Pasaban de las 10:00 p.m., estábamos tan concentrados en las historias que no notamos la hora, las cervezas se habían agotado y Santiago sugirió salir a comer algo.

—¿Te parece si vamos a los tacos del pato mojado? ¿sigue en el mismo puesto de hace años?.

—Sí, no han cambiado de lugar, ¿ya los probaste?

—¡Que dices viejo! Siempre han sido mis favoritos

Se levantó, pidió que lo esperara, subió por una chaqueta para cada uno, recogió los embaces y limpió la terraza; después tomó mi brazo y me ayudó a levantarme. Salimos de casa, Rex nos acompañaba, llegamos a la taquería de don Mario quien se quedó anonadado cuando nos vio entrar. Mario era mi amigo de hacía mucho tiempo, él era cinco años menor que yo, tenía una mirada desconcertante, como si algo le hubiera sorprendido. Después de recuperarse de aquella impresión dijo:

—Buenas noches, don Santiago, ¿cómo ha estado? Hasta que se decidió a visitarnos, siempre pide a domicilio y ¿quién es el joven que lo acompaña?

—Buenas noches, he estado bien y él es mi nieto Santiago.

—¿Su nieto? No sabía que tenía nietos, don Santiago, pensé que todas eran mujeres.

—Pues ya ves que no, me llamo Santiago —respondió el aludido.

—Sí, es mi nieto y vino a visitarme —comenté.

—Ahora entiendo, bien dicen que los nietos a veces se parecen más a los abuelos que los hijos. Es la viva imagen de usted cuando era joven.

—¿Usted cree?

—Pero es que son igualitos, si lo sabré yo que nos conocemos desde hace muchos años, es más, creo que por aquí tengo una foto de nosotros cuando éramos jóvenes.

Pude notar que Santiago se molestó. Tal vez la idea de que lo compararan conmigo le incomodó.

—Muero de hambre —interrumpió a Mario y enseguida pidió cuatro tacos de asada con longaniza, dos tortas y un agua mineral. También ordenó dos tortas más para Rex y una botella de agua natural. Por mi parte, solo pedí dos tacos y un agua.

Regresamos a casa, me sentía un poco mareado, tal vez por el par de cervezas que me tomé. Me despedí de Santiago. Me ayudó a subir las escaleras, me dejó en la habitación y se retiró.

Al día siguiente, como ya era costumbre, había preparado el desayuno. Cuando terminamos levantó la mesa y alguien llamó a la puerta. Era el hijo de don Pepe, nos indicaba que el auto estaba reparado y podíamos pasar por él. Asistimos al taller que estaba a unas cuantas cuadras, nos comentó que el carro estaba entero, lo que tenía eran detalles mínimos y no entendía por qué no lo había reparado.

Salimos toda la mañana y tarde a dar vueltas por la ciudad, según él para probar que el auto estuviera en óptimas condiciones. Compramos algo para cenar en casa y durante la cena la charla continuó.

—Estuve pensando todo el día, hay algo que quiero proponerte.

—¿Qué has pensado? —pregunté.

—Sobre Europa. Se viene tu cumpleaños número sesenta y cinco, creo que es justo celebrarlo a lo grande.

—No sé cómo te hayas enterado de que viene mi cumpleaños y te agradezco, pero no hay nada que celebrar, ¿qué podría celebrar? ¿que soy viejo? ¿o que me despidieron del trabajo?

—Podrías celebrar lo afortunado que eres por llegar a esa edad, muchos no tienen la dicha de vivir ni siquiera un año. Podrías festejar que me conociste, que te jubilaste, que tienes una casa fantástica, cualquier cosa.

—Y según tú, ¿dónde haríamos la fiesta?

—¿Quién hablo de una fiesta?

—Y entonces, ¿cómo celebraría?

—¿Qué te parece la idea de ir de viaje a Europa? Yo tampoco conozco, podríamos ir juntos. Tú y yo, nadie más.

—¿Viajar a Europa? ¿estás bromeando?

—No, ¿por qué lo haría?, hablo en serio. Estuve haciendo cuentas y no afectaría para nada tu economía. Además, yo todavía tengo parte de lo que tomé, creo que deberíamos hacer ese viaje, nos lo merecemos, piénsalo, será tu regalo de cumpleaños. Tal vez ya no haya otra oportunidad, ahorita aún puedes caminar, quizás en un año ya no puedas o ya no estemos vivos.

—¿Estuviste revisando mis finanzas?

—Sí, lo hago desde que llegué; por cierto, en esta carpeta están todos los accesos nuevos, recuerda que los cambié, así que apréndetelos. Volviendo al tema, creo que es justo que te regales el viaje que siempre has querido.

—Muchas gracias. Sobre el viaje a Europa la verdad no sé, siempre que lo planeo no se realiza por x razón; además, ya me canso mucho al caminar, la presión me sube seguido y las horas de vuelo son muchas.

—No te preocupes, por eso te digo que iríamos los dos.

Nos quedamos pensativos por unos minutos. Conocer Europa era algo que deseaba hacer desde hacía años cuando era joven, aunque ahora no tenía las mismas fuerzas y no sabía si quería hacer ese viaje. Santiago me dio muchos motivos pero me convenció el hecho de estar vivo.

¡Sí, estaba vivo! Podía respirar, caminar (lento, pero lo hacía), además, ya no tenía responsabilidades y poseía el capital para hacerlo.

Miré la carpeta, ahí estaban escritos los accesos a mis cuentas bancarias. Me sorprendí al ver que las nuevas claves eran la fecha de cumpleaños de Mary, ¿habrá sido casualidad? ¿o era ella tratando de decir que hiciera realidad nuestro sueño? Después de unos minutos le dije que aceptaba realizar el viaje.

Capítulo 7:
Sueños, preparativos y planes

Los siguientes ocho días Santiago se encargó de consentirme como nadie jamás lo había hecho, también reservó el viaje y planeó todo el tour. Recorreríamos Barcelona, Blois, Burdeos, Florencia, Lucerna, Madrid, Niza, París, Pisa, Roma, Venecia, Verona, Zaragoza y Zúrich, ¡era el mismo que Mary y yo pensábamos hacer cuando jóvenes! También hizo una proyección de gastos e invirtió parte del dinero que tenía en casa en los bancos que generaran mejores rendimientos. Entre los dos hicimos venta de garaje, vendió casi toda mi ropa puesto que, a pesar de que algunas prendas estaban nuevas, él decía que estaban pasadas de moda. También ganamos dinero con un montón de artículos de esos que uno acumula por si algún día se usan, el objetivo era juntar el mayor dinero posible para el viaje.

Otra cosa que se le ocurrió fue abrir el fin de semana la piscina a los vecinos, estaba en perfectas condiciones ya que siempre le daba mantenimiento, aunque no la ocupara. Nadie cercano tenía una piscina, así que de esta forma podríamos ganar un poco más de dinero. Avisó al grupo de vecinos y también invitó a los que quisieran poner un puesto de comida a cambio de una pequeña cooperación. Era genial cómo todos los vecinos me conocían y siempre sentían respeto y admiración por mí, nunca lo había notado, pude darme cuenta de que no estaba tan solo como creía y que muchos de ellos eran amigos desde hacía años. Ellos comentaban que en varias ocasiones acudieron a casa para invitarme a diferentes reuniones pero nunca me encontraban, la verdad era que yo que nunca abría la puerta porque creía que eran vendedores. Aquel fin de semana fue muy divertido. Santiago vendió *hot dogs*, refrescos, hamburguesas y palomitas, mientras Rex se dejaba consentir por los niños.

Fueron un par de días espectaculares. Por primera vez en años me bronceé, tomé diferentes bebidas, comí como rey y nadé en la piscina después de años. No recordaba lo relajante que era y lo mejor de todo fue que en esos tres días gané lo que obtendría en el banco por dos meses.

Al terminar, los vecinos ayudaron para que el jardín y alberca quedaran limpias como cuando llegaron. Todos agradecieron y pidieron que se repitiera. No recuerdo cuántas invitaciones me hicieron a diferentes eventos, incluso me inscribí en un grupo de tango al cual asistiría.

Santiago parecía que no se cansaba, trataba de arreglar todos mis pendientes, él decía que quería dejar todo en orden antes que nos fuéramos de viaje para que no me preocupara más por si tenía que irse. Escuchar esas palabras me ponían un poco triste pues sabía que tarde o temprano eso pasaría, así que aprovecharía el tiempo con mi nieto para aprender cosas y recordar que algún día también fui joven.

Rex, Santiago y yo dedicamos un día completo a visitar diferentes almacenes de ropa en busca de ella, puesto que él decía que mi vestuario era obsoleto y el día de la venta de garaje se llevaron casi todas mis prendas. No recuerdo la última vez que gasté tanto dinero en zapatos, chamarras, sudaderas, camisas, etcétera, e incluso me compré un buen perfume. Me percaté que él no había adquirido nada, le indiqué que comprara algo pero me respondió que tenía lo suficiente, mientras que a Rex le compramos nuevos juguetes y ropa.

Al día siguiente llevamos al perro a un spa de mascotas, mi amigo se notaba un poco nervioso ya que nunca había asistido a uno, tal vez pensaba que iba al veterinario pero no fue así. Después de encargar que consintieran a Rex, asistimos a un spa para nosotros, nos hicieron manicure, pedicure y un corte de cabello más moderno. Nos dieron masaje con piedras calientes y pusieron mascarillas para refrescar la piel, pasamos un rato en la sauna para después regresar a casa muertos de cansancio.

Todas las noches me explicaba cómo funcionaba eso de las inversiones y que el dinero que gastamos era lo que habíamos ganado el fin de semana.

Esa noche me sugirió vender una casa y con ese dinero viajar por el mundo. La verdad no respondí, pensaba que esas propiedades eran para mis hijos. Se tumbó en el sillón a ver la tele mientras yo subía a mi recámara con mucha menos dificultad que antes; por primera vez, después de varios años me sentía agradecido con Dios, había muchas cosas que necesitaba conocer, disfrutar y experimentar. Santiago tenía una energía inagotable, llena de optimismo, me consentía demasiado, me mostraba lo hermoso que era vivir, gracias a eso pareciera que todas mis energías regresaban, dejé de arrastrar los pies y caminaba un poco más rápido.

Faltaban pocos días para salir de viaje, había muchas cosas que hacer, teníamos que dejar encargada la casa. Por fortuna, doña Yolanda y su nieta se ofrecieron siempre y cuando les dejáramos usar la piscina a ella y su familia, cosa por la cual no tuvimos problema alguno. De pronto me llegó una inquietud, misma que compartí a mi nieto.

—Con tanto apuro olvidé preguntarte, ¿con quién se quedará Rex?

—¡Que cosas dices, viejo! Rex viaja con nosotros, nadie mejor que tú y yo para cuidarlo.

Quién lo diría, Rex nos acompañaría en la nueva aventura. Llevaba años queriendo conocer Europa y por fin mi sueño estaba cerca de cumplirse. Santiago tenía razón, se me había olvidado lo maravilloso que era respirar pero al menos la muerte no me alcanzó en el trabajo como yo lo deseaba.

Esa tarde Santiago me platicó que iríamos a las clases de tango, nos había invitado Juana, una amiga que conocí en la universidad y que tenía su academia de baile, no podíamos faltar. Fue una tarde muy divertida, todas querían bailar con mi nieto y conmigo a pesar de que ambos teníamos los dos pies izquierdos. Las personas eran buenas y nos enseñaban. Antes de finalizar la clase, Santiago pidió le concediera la última pieza. Ambos bailamos, me miraba con un profundo respeto, pude ver en sus ojos diferentes sentimientos encontrados, no sé qué era, tal vez melancolía, tristeza, alegría o solo compasión por un viejo. Pude notar como los ojos se le llenaban de lágrimas, pregunté si todo estaba bien, sonrió y me abrazo con fuerza.

Como todas las mañanas, Santiago revisaba las finanzas y me explicaba aquello que ya sabía y había olvidado, quería asegurarse que todo marchara bien lo que no le llevaba mucho tiempo. Después salíamos a caminar al parque, al cine, al teatro, a la feria, nadábamos en la alberca, íbamos a los juegos de video y muchas cosas más. También asistíamos juntos a los eventos a los que los vecinos nos invitaban con cordialidad. En una de esas reuniones encontré a Diana, una amiga de la universidad, recordé que ella estudiaba derecho. Iba acompañada de su nieta Erika, Santiago y yo les enseñamos a bailar. Mientras Diana me contaba su vida, pude observar cómo Santiago se divertía con su nieta, eso me llenó de alegría, era justo que también se la pasara bien.

Estábamos a semana y media de realizar el viaje, ya todo estaba listo, teníamos quien nos cuidara la casa, el equipaje que llevaríamos, los boletos e incluso Rex se notaba ansioso. Terminábamos de desayunar como de costumbre cuando de pronto empezó a sonar un teléfono celular, mi nieto me miró y me dijo si no pensaba contestar. Pensé que era raro porque por lo general nunca recibía llamadas y me había dado cuenta de que él tampoco recibía llamadas.

Era Ernesto, mi hijo más chico. Escuchar su voz me puso una sonrisa en la cara. Hacía tiempo que no me llamaba por lo que en verdad era una sorpresa. Puse el teléfono en altavoz para que Santiago escuchara la voz de mi hijo, se notó en su rostro que él también le alegró mucho. Lo siguiente me llenó de angustia pues eran malas noticias. Me comentaba que Sofia y Damián habían tenido un accidente y que les vendría bien un poco de apoyo. Me quedé helado, no pude decir nada, sentí un pequeño mareo, Santiago trató de tranquilizarme mientras iba por las pastillas que hace días no me tomaba. Ernesto me dijo que no me preocupara, que no había sido tan grave, solo tenían unos cuantos moretones. El problema es que conducían en estado de ebriedad y habían causado daños materiales que tenían que pagar. Ese era el motivo de la llamada, solo necesitaban dinero ya que en los últimos tiempos andaban cortos. Le comuniqué a Ernesto que le haría una transferencia y que cortaría la llamada para usar el celular, después lo llamaría para que me confirmara si le llegó el depósito.

Sin dudarlo pedí ayuda a Santiago para hacer una transferencia al instante. Él me apoyó para realizarla.

—Si quieres también podemos ir a ver a tu hijo, tomaremos el primer vuelo a Monterrey.

—Sí, sería bueno, primero deja checar que haya recibido el depósito.

Llamé a Ernesto. Me dijo que lo había recibido, le pregunté si deseaba que fuera para ayudarle en cualquier cuestión pero respondió que ya mucho había hecho con la transferencia, si necesitaban algo más me llamarían.

Toda la mañana y tarde no quise salir, la noticia hizo que me sintiera un poco mal pero Santiago me cuidó y pasamos el resto del día viendo películas modernas. Por la noche ya estaba mucho más tranquilo y nos tomamos un tequila. De nuevo sonó mi teléfono, lo puse en altavoz. Era Ernesto, me informaba que ya todo estaba bien, escuchar eso me tranquilizó.

—Te dije que no te preocuparas, que todo estaría bien.

Ernesto pudo escuchar a través del teléfono la voz de mi nieto y preguntó con quién estaba. Al oír eso, Santiago me señaló que no le contara nada de él, que no tendría sentido que supieran de su existencia pues era posible que pronto se tuviera que ir; además, podrían pensar lo mismo que yo al inicio, que era un vulgar ladrón, así que le dije que estaba con un vecino que me había ido a visitar.

—Iremos a verte para tu cumpleaños, papá, hace tiempo que no vamos y la verdad Damián y yo te hemos extrañado mucho. Pero bueno mañana te llamo, se me va a apagar el celular.

Escuchar esas palabras me llenó de emoción. Tenía ganas de volver a ver a mis hijos y al parecer mi nieto también quería conocerlos. La noticia de que irían lo llenaba de emoción y de nervios a la vez.

—Vaya, viejo, al parecer tus hijos sí te quieren después de todo.

—Sí, eso parece.

Saqué un viejo álbum de fotos para mostrárselo, ahí estaban captados lapsos de mi vida en los cuales era feliz pero él no quiso que viéramos eso. Me dijo que estaba muy cansado y que tendría que revisar las finanzas por la transferencia que había hecho. Se notaba un tanto nervioso pero no pregunté el motivo. De pronto, vino a mi mente algo muy importante que habíamos olvidado por la noticia.

—Vendrán el día de mi cumpleaños, ¡pero un día antes salimos de vacaciones!

—Tranquilo, viejo, ya habrá tiempo para eso. Después de todo, son tus hijos y muero de ganas por conocerlos. ¿Alguno de ellos se parece a mí?

—Ahora que lo dices, sí, pero lo importante es que están sanos —bromeé.

Santiago fue por más limones a la cocina para tomarnos otro caballito, a este paso terminaría siendo teporocho. Me recordó de nuevo que hacía años también tomaba mucho pero hablaría con él del tema más adelante. De pronto vino a mi mente las veces que Mary y yo platicamos de ir a Europa. Me dije en mi interior: ¿Acaso no has sacrificado ya bastante por ellos? Mary tenía muchas ganas de ir allá y nunca pudimos hacer el viaje, cada vez que lo planeábamos algo sucedía y un día ella se marchó, dejando ese sueño sin cumplir. Pensaba en ello cuando regresó Santiago.

—No, mañana hablaré con Ernesto y le comentaré que no estaré para mi cumpleaños, si quieren visitarme que lo hagan esta semana, ¡nos vamos de viaje!

—¿Pero qué cosas dices, viejo? ¿acaso no tienes muchas ganas de ver a tus hijos?

—Si, muchísimas, pero durante años he puesto sus necesidades por encima de las mías. Ya me dejé mucho tiempo, quizás no tenga otra oportunidad para hacer realidad mi sueño. Y bueno, ya dejemos el trago por hoy que mañana tenemos clase de zumba a las 7 a.m.

Al día siguiente al salir de las clases, pasamos a desayunar en un pequeño restaurante cerca de un parque. Mientras Santi jugaba con Rex como lo hacía cada mañana, recibí una llamada de Damián, mi hijo más grande, hablaba para agradecerme el apoyo que le había brindado.

—Papá, muchas gracias por la ayuda. La verdad no sé qué hubiera hecho de no ser por ti, también te iba a comentar que Ernesto dijo que iríamos la próxima semana por tu cumpleaños.

—Sí, ya me había dicho.

—Bueno, también por eso te llamaba, tu cumpleaños es la próxima semana pero estamos cargados de trabajo, no sé si podamos ir mejor esta semana, ¿qué te parece el jueves?

Oír eso me llenó de alegría, justo iba a mencionarles que vinieran esta semana para que pudiera hacer el viaje que tanto quería.

—¡Sin problema, hijo! Aquí los espero. Por favor, confírmame cuántos son para arreglar las habitaciones y estén más cómodos.

—No te preocupes, papá, solo iríamos Ernesto y yo. La familia se va de viaje a París el próximo lunes y tienen que alistarse pero estamos planeando que navidad la pasaremos contigo.

—¡¿Todo bien?! —gritaba Santiago desde el pasto donde estaba jugando a pelear con Rex. Asentí con la cabeza aunque en realidad no lo estaba. Hacía más de cuatro años que no veía a mis nietos y tendría que esperar más tiempo para volver a verlos.

—Está bien, entonces prepararé dos habitaciones.

—No te preocupes, padre, solo iremos de entrada por salida. Como te mencioné, andamos apurados por lo del viaje.

—¿Entonces no se quedarán?

—No, de hecho, solo vamos para hablar contigo, no quería decírtelo por teléfono pero es mejor que lo sepas. Andamos cortos de efectivo Ernesto y yo, además aquí en Monterey la vida es muy cara y con el problema que tuvimos me quedé sin dinero.

Lo siguiente que mencionó Damián me llenó de rabia más que de tristeza. Se habían terminado el dinero del seguro que Mary había adquirido, también lo que sus abuelos les heredaron. El verdadero motivo de su visita era para que repartiera mis bienes. Ellos sabían que todo pasaría a sus manos después de mi muerte, ya que así estaba estipulado en el testamento y conocían del tema puesto que les había hecho llegar una copia pero vendrían a verme para que adelantara el proceso y no esperaran hasta que ya no estuviera. No dejé que Santiago notara mi enojo. ¿Cuándo fue que mis hijos se volvieron unos cuervos?, ¡no les interesaba!, solo me buscaban cuando necesitaban algo.

Pedí a mi nieto regresar a casa con el pretexto descansar ya que la clase de zumba me había agotado. Él no tuvo inconveniente. Al llegar a casa me encerré en el estudio, le dije que deseaba checar los movimientos e inversiones para que después él revisara si lo hice bien.

—Está bien —me respondía mientras sacaba una toalla para irse a nadar en la piscina.

El motivo real por el cual quise estar solo era para modificar mi testamento. Entendí que mis hijos no lo merecían y que era justo que forjaran su propio destino sin estar a expensas de recibir algo que no cuidarían y que no les costaría. Todos mis bienes pasarían a manos de Santiago pero no quería que él lo supiera. Después de unas cuantas horas tocó la puerta. Yo estaba al teléfono, hablaba con un viejo amigo que trabajaba en la notaría en la cual años atrás había certificado mi testamento, arreglé una cita para el siguiente día por la mañana y llevar el nuevo testamento.

Sabía que Ernesto y Damián se enfadarían mucho por aquella decisión, incluso tal vez nunca me volverían hablar pero no me importó esta vez. Para cuando se enteraran, el nuevo testamento ya estaría registrado ante la notaría y no podrían hacer nada.

De pronto me di cuenta de un dato que me faltaba. Conocía el nombre de Santiago pero no su apellido e iba a necesitar una copia de su identificación oficial. No podía pedírselo porque se daría cuenta de lo que estaba haciendo, pensé por un momento y decidí que él me acompañaría a hacer el trámite, sería en ese momento que se enteraría.

Tocaron a la puerta, Santi me llevaba algo de comer, me comentó si quería ayuda puesto que el trabajo era de minutos y ya llevaba rato.

Le mentí al decirle que estaba platicando con Juana por teléfono. Se retiró para no molestarme.

Empezaba a obscurecer cuando salí del estudio, Santiago había pedido pizza y preparado una botella de vino en la terraza. Nos sentamos a cenar y escuchar a unos de mis artistas favoritos, José, José, sobre todo su canción de *Seré*.

—Ya llevas casi dos meses aquí, ¿no extrañas a tu familia? Ni siquiera he visto que los llames.

—No te preocupes por eso, los llamo todas las noches para saber cómo están y me cuentan que todo va bien por allá.

—¿Y cuándo piensas regresar con ellos?

—Regresaré cuando tenga que regresar. ¿Cómo vas con los hijos? ¿si vienen antes o después de que regresemos del viaje?

Me quedé en silencio ya que no quise que se enterara de lo sucedido y cambié de tema. Esa noche las estrellas brillaban como nunca antes lo habían hecho, o al menos no lo había notado. Eran alrededor de las tres de la mañana, sentí un frío recorrer mi cuerpo que me dio un poco de miedo. Rex, que como siempre estaba al lado de nosotros, empezó a aullar. El cielo comenzó a nublarse. Santiago había tomado bastante Por lo que esta vez fuimos Rex y yo quienes lo ayudamos a llegar a su recámara. Lo acosté, quité sus zapatos, tomé una frazada para cubrirlo con ella, acaricié su pelo y besé su frente.

—Gracias por todo, por recordarme que estoy vivo. Rex, tú te quedas aquí, promete que cuidaras de él.

No sé si Rex entendió pero me llamó la atención que levantara la patita como los humanos hacen cuando prometen algo con la mano.

Capítulo 8:
Otro día nublado

Ya era mitad de semana, me levanté muy temprano porque había quedado de verme con el notario en un café cerca de la casa. Le indiqué que le llevaría los papeles e iría acompañado de Santiago, quien heredaría todos mis bienes el día que muriera. Mientras me alistaba, vi por la ventana que el cielo seguía gris, bajé a ver a Santi quien al parecer ya se había levantado y estaba tomando un baño. Preparé dos tazas de café, salió un poco aturdido de su recámara, tal vez por la borrachera del día anterior, me preguntó adónde iríamos tan temprano, le comenté que saldríamos a ver un viejo amigo y de paso desayunaríamos y llevaríamos a Rex al parque. Cuando abrimos la puerta principal, Rex salió disparado a la calle. Santiago trató de alcanzarlo pero fue imposible ya que era muy veloz. Le dije a mi nieto que no se preocupara, no era la primera vez que lo hacía.

Nos dirigíamos al café donde me encontraría con el notario, caminábamos con lentitud. Era una mañana hermosa, el sol nos acariciaba, las aves cantaban una linda melodía. A lo lejos vimos cómo Rex corría a gran velocidad, el semáforo cambió de color y era nuestro turno pasar. De pronto se escuchó un gran golpe, por unos minutos sentí un poco de dolor, las luces se apagaron, no recuerdo más.

Cuando tuve un poco de conciencia no sabía qué había pasado ni cuánto tiempo estuve así, solo sabía que me trasladaban en algo que parecía una ambulancia. Escuchaba la voz de Santiago.

—Todo estará bien, viejo —decía y yo sonreí para tratar de calmarlo.

Pude notar cómo las lágrimas se le escapaban sin poder contenerlas. Con mucha dificultad miré al lado, Rex estaba ahí y se veía en malas condiciones. Cerré los ojos por unos minutos o quizás horas, la verdad no sé cuánto tiempo pasó. Volví a despertar, había una gran luz brillante.

—¡Se está desangrando! —alguien gritaba. Otra persona sujetaba mi mano con fuerza. A pesar de estar vestido como médico cirujano pude reconocerlo, me había tomado de la mano muchas veces, era Santiago. Busqué su mirada, escuché que decía:

—¡Resiste, viejo! Por favor, nuestro viaje nos espera.

De pronto las luces se apagaron otra vez, sentí un gran dolor en el pecho acompañado de un golpe que hizo que abriera los ojos. Escuchaba decir a Santiago:

—Nos estamos muriendo, viejo, nos estamos muriendo.

—Lo siento, ya no puedo hacer nada —alguien más decía.

Sentía cómo la vida se me iba con lentitud. No tenía miedo pero pensaba en lo injusta que era la vida. Muchas veces anhelé morir y ahora que mi deseo se cumplía, me dolía dejar a Santiago. Con las pocas fuerzas que me quedaban mientras seguía mirando a mi nieto a los ojos, alcancé a decir:

—¡Gracias por todo, ojalá te hubiera conocido antes!

Mientras la luz se iba, escuché cómo Santiago me decía al oído:

—¡Siempre he estado contigo!

Recordé aquella vez y fue cuando reconocí mi mirada en él.

—¡No es un sueño, Santiago! Recuérdalo, no es un sueño.

Capítulo 9:
No fue un sueño

Han pasado cinco días desde aquel terrible suceso. ¡Vaya, qué hermosa es la torre Eiffel!

Me encontraba sentado en el restaurante Jules Verne, recordando los hechos.

Cruzábamos la calle, un conductor que al parecer había ingerido demasiado alcohol no respetó la luz roja del semáforo, Rex venía a toda velocidad como si tuviera algo importante que hacer. Pasó tan rápido y fue mucho después que lo entendí. Rex había cumplido la promesa que había hecho un día antes al anciano cuando me llevó a dormir. Recuerdo que a pesar de estar ebrio escuché como el abuelo le dijo que prometiera que cuidaría de mí. Aquel día yo debí haber muerto con él pero Rex saltó sobre mí unos segundos antes del impacto, empujándome hacia la orilla y recibiendo el golpe junto con el viejo.

El perro murió al instante. A pesar de que hicieron lo posible por salvar a Santiago, se marchó horas más tarde.

Era un jueves nublado, parecía como si el mismo cielo estuviera triste. Me sorprendí al ver que desde muy témpano asistía mucha gente al funeral. Sin duda alguna no estaba tan solo como pensaba, varios colegas de su trabajo y vecinos me acompañaron a despedirlo. Llegaron grandes arreglos florales, algunos con dedicatoria y otros tantos anónimos cuyos olores se impregnaban en la sala, construyendo un momento memorable. Ojalá lo hubieran hecho en vida, ya que su existencia se deshojó, el mismo destino que tendrían aquellas flores.

Más tarde llegaron Damián y Ernesto. Ambos se veían desechos, no paraban de llorar frente al féretro de su padre.

—¿Por qué nos dejaste, papá? —escuché que decían. ¡Vaya par de hipócritas!

A pesar de conocer todos los sacrificios que hicieron el viejo y Mary no podía odiarlos; muy al contrario, estaba emocionado por conocerlos.

Me acerqué a ellos, expliqué que era un amigo muy cercano de su padre, les comenté que él estaba muy orgulloso de ellos, estreché sus manos, les di un fuerte y cálido abrazo. El viejo tenía razón, se parecían a mí, Dios quiera que sea diferente en lo demás. Mientras cremaban al viejo como había sido su voluntad, los hijos, vecinos, amigos y compañeros, entonaron su canción favorita: *Seré* de José José. ¡Sí que es una canción triste!

Al día siguiente saqué los papeles del testamento que tenía Santiago y se los entregué a los hijos. Les comenté que su padre había trabajado mucho para obtener todos sus bienes, que los valoraran pues sería el último regalo que les hacía.

Antes de irme de la casa sepulté la mitad de las cenizas del viejo y de Rex en la casa junto a la terraza, tomé una botella de tequila, serví dos caballitos y brindé en su honor. Escuché como si el viento me recordara aquellas palabras: No fue un sueño. ¿Qué habrá querido decir?

Estar ahí me provocaba una inmensa tristeza, ni siquiera recordaba cómo llegué a esa extraña ciudad. Tomé una pequeña maleta, empaqué lo necesario, incluyendo la carpeta del viejo, el álbum de fotos y el resto de las cenizas. Cerré la puerta por última vez.

Después cancelé el tour a Europa para viajar directo a París. Esparcí la otra mitad de las cenizas del viejo en un pequeño parque cerca de la torre Eiffel. Mientras lo hacía hablaba con él:

—Cumpliste tu sueño, viejo, estas aquí. —Parecía niño pequeño, no podía parar de llorar, pero donde quiera que estuviera, estaba seguro de que él se encontraría feliz—. Ahora estoy aquí, fumando y tomando una copa de vino en tu nombre. Veo el álbum de fotos, en serio tuvimos una buena vida, con momentos tristes y alegres, lleno de personas que nos amaban. Escuché tus historias una y otra vez, nunca estuviste solo, solo te sentías así. Los hijos nos amaban pero los alejamos al darles todo y querer que vivieran una vida que nosotros no tuvimos. Éramos nosotros los que debimos haber vivido esa vida y no vivirla a través de otros.

Pagué la cuenta, me dirigí al lugar donde me hospedaba, pasé por una calle que conducía a un callejón obscuro y sin salida. Alcancé a ver la silueta de una hermosa mujer que portaba un vertido blanco, me pregunté si sería un ángel. Me llamaba, quería que la siguiera. Caminé hacia ella. Mientras me acercaba, la reconocí: Era Mary. Me envolvió en sus brazos, yo cerré los ojos para sentir su calor. De pronto, susurró en mi oído

—¡Despierta, dormilón! Ya has dormido mucho.

Abrí los ojos. Mary estaba ahí, acariciaba mi pelo, me hablaba, decía que era hora de regresar Miré a mi alrededor, estaban mis padres llorando y Rex me lamía la mano. ¿Qué había sucedido?

Todos estaban muy emocionados y contentos de que había reaccionado, me dijeron que tuve un accidente en la casa, caí de la escalera y me golpeé la cabeza quedando en coma hacía más de un mes. Después, Mary me dio la fantástica noticia: El tumor que tenía en la cabeza había desaparecido y ponto tendría que dejar el tratamiento. Eso me llenó de alegría aunque no tanta como cuando me indicó que estaba embarazada.

—¿Por qué no debes olvidar que no fue un sueño? —preguntó.

—Haz tus maletas, la próxima semana nos vamos a Europa —respondí.

Otras obras del autor

www.ingramcontent.com/pod-product-compliance
Lightning Source LLC
LaVergne TN
LVHW090125160826
845673LV00015B/1020
9786125160454